同文書庫·厦門文獻系列 第四輯 貳

介石山房詩稿（外一種）

呂澂·撰

厦门大学出版社
XIAMEN UNIVERSITY PRESS
国家一级出版社
全国百佳图书出版单位

图书在版编目(CIP)数据

介石山房诗稿:外一种/吕瀓撰.—厦门:厦门大学出版社,2019.12
(同文书库.厦门文献系列.第四辑)
ISBN 978-7-5615-7582-6

Ⅰ.①介… Ⅱ.①吕… Ⅲ.①诗集—中国—近代 Ⅳ.①I222.75

中国版本图书馆 CIP 数据核字(2019)第 273136 号

出 版 人 郑文礼
责任编辑 薛鹏志 章木良
封面设计 李嘉彬
技术编辑 朱 楷

出版发行 厦门大学出版社
社 址 厦门市软件园二期望海路 39 号
邮政编码 361008
总 机 0592-2181111 0592-2181406(传真)
营销中心 0592-2184458 0592-2181365
网 址 http://www.xmupress.com
邮 箱 xmup@xmupress.com
印 刷 厦门集大印刷厂

开本 787 mm×1 092 mm 1/16
印张 12.5
插页 3
字数 188 千字
印数 1～1 000 册
版次 2019 年 12 月第 1 版
印次 2019 年 12 月第 1 次印刷
定价 150.00 元

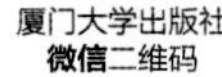
厦门大学出版社
微信二维码

厦门大学出版社
微博二维码

總　編：
中共厦門市委宣傳部
厦門市社會科學界聯合會

執行編輯：
厦門市社會科學院

『同文書庫·厦門文獻系列』編輯委員會

顧　問：
葉重耕

編　委：
何瑞福　周　旻　何丙仲　洪峻峰　謝　泳　鈔曉鴻　陳　峰　李　楨　李文泰

主　編：
何瑞福

副主編：
洪峻峰　李　楨

目錄

前言

《介石山房詩稿(外一種)》是清末廈門著名文人吕澂的詩選,含《介石山房詩稿》和《默菴詩選》兩種。前者係民國年間廈門王選閑選抄,為未刊稿本,廈門市圖書館收藏;後者係廈門江煦選編,收入江氏與李俊承所編《閩三家詩》,香港一九六二年印行,今已罕見,廈門各圖書館均無收藏著録。現合編為一册,收入『同文書庫·廈門文獻系列』第四輯印行。

一

吕澂(約一八四六—一九〇八),字淵甫,號默菴,福建廈門人。清光緒十二年(一八八六)丙戌拔貢,光緒十九年(一八九三)癸巳恩科舉人。平生致力於家鄉文化教育事業,歷主廈門玉屏書院、紫陽書院和海滄滄江書院講席,與王步蟾同為清同光年間廈門最負盛名的文人。著有《青筠堂集》,未梓,已佚;今存遺稿有王選閑鈔本《介石山房詩稿》和江煦輯選《默菴詩選》。民國《廈門市志》卷二十四『儒林傳』有傳。傳稱:

呂澂，字淵甫，別號默菴。幼聰穎，舉止如成人。光緒丙戌舉拔萃科，朝考一等，授州判，以母老請改教諭。旋領本省鄉薦。易藝進呈御覽，一時傳誦。……清季，制藝積弊久。澂好治古文詞，與林孝廉豪，以古文義法相切劘，主講玉屏、紫陽、滄江各書院。時朝議廢八股，以論策取士，澂閱試卷，必詳加評騭，示以古文門徑。遊其門者，多以古文名。詩清微淡遠，著有《青筠堂集》。書法入歐陽率更之室，人爭寶之。卒年六十三。〔廈門市地方誌編纂委員會辦公室整理《廈門市志（民國）》，方志出版社一九九九年版，第五三九頁〕

從此傳略可知，呂澂以治古文辭著稱，講究古文義法，曾與林豪相互研討切磋。林豪（一八三一—一九一八），字卓人，一字嘉卓，號次逋，清同安金門人，清咸豐九年（一八五九）舉人。青少年時代曾在廈門求學五年，後參加鄉試、會試，多次往返於廈門、福州。同治元年（一八六二）移居臺灣臺北，曾任澎湖文石書院山長。續修《金門志》，修撰《淡水廳志》《澎湖廳志》，著有《東瀛紀事》《誦清堂詩集》等。林豪古文有家學淵源。其父林焜熿早年從興泉永兵備道周凱（芸皋）研習詩古文辭，又從玉屏書院山長、著名古文家高澍然（雨農）遊，深諳古文義法。

呂澂與林豪的交往罕見記載。呂氏遺詩有一首七言古風，係讀林豪詩集《北征草》而作，詩末云：『昨讀大著《北征草》有感，謹題卷後，即呈卓人先生吟壇郢正。』落款自稱『世愚姪』。林豪《北征草》作於己未年（一八五九）季冬至庚申年（一八六〇）閏三月，而呂澂何時讀到未詳。此詩呂澂《介石山房詩稿》《默菴詩選》未收，見載於林豪著、林策勳輯刊《誦清堂詩集》（菲律賓宿務市：大眾印書館一九五七年版）之卷端『題詞』，當係據手稿輯錄。林豪《誦清堂詩集》中有《丙子燈節夜，陳穆齋太守招同周古愚都閫，胡偉生別駕，呂淵甫茂才，陳逸樵、謝書仙兩公子，會於靜遠齋，良儔佳夕不能無詩，未暇計工拙也》一詩（林豪著、林策勳輯刊《誦清堂詩集》，卷九《小巢居四草》第廿六—廿七頁），可知二人曾於清光緒二年（丙子，一八七六年）元宵夜，應厦門名流陳穆齋之邀，參加其招集的雅會，相聚於靜遠齋席上。

古文義法是清代桐城派古文家所强調的做文章所應遵循的準則。呂澂宗法桐城，後人即稱其『文謹嚴似桐城』（江煦輯編《默菴詩選》，第一頁，見江煦、李俊承編《閩三家詩》，香港一九六二年版）。未知他與林豪如何相互研討切磋，但可以肯定的是，二人古文學桐城派，注重研習義法，淵源在於曾任玉屏書院山長的著名古文家高澍然（字時埜，號甘穀，晚號雨農）。清道光十六年（一八三六），興泉永兵備道周凱延聘高澍然為厦門玉屏書院主講，一時厦門士子便集於書院從其學。周凱《自纂年譜》載：『雨農五月始至，携其夫人及弟子高炳坤偕來。於是，島上弟子能古文者，呂孝廉世宜西村、莊中正誠甫、林焜熿巽夫、林鶚騰薦秋，及好學之士，皆居於書院。遊宴皆有所作。為諸生評削制藝，絕去時徑，俾人真理，一時稱極盛焉。』（《芸皋先生自纂年譜》，載周凱：《內自訟齋文選》卷首，『臺灣歷史文獻叢刊』本，一九九四年版。引文重新標點）『島上弟子』中的林焜熿即林豪之父。雖然高澍然任玉屏書院主講僅三個多月，便因周凱調任臺灣道而隨之辭職，但其古文義法卻得到傳承，形成傳統，厦門士人深受其影響。其中包括後來的紫陽書院山長楊浚和玉屏書院學生呂澂。

高澍然是朱梅崖之後福建古文辭的領軍人物，其文集《抑快軒文集》全帙未刊印，主要以選本和抄本流傳。而呂澂家中就藏有一部全帙抄本。近人劉聲木《萇楚齋隨筆》續筆卷四述及高澍然著作，寫道：『惟所撰《抑快軒文集》乙編四十九卷、丙編十六卷、丁編九卷，共三編七十四卷，凡文六百十九篇，無刊本。侯官楊浚字雪滄，於光緒丁亥八月廿四日鷺江旅次，得門人呂淵甫拔萃徵【澂】家藏全帙，屬陳弗丞茂才同友錄副，至戊子上元始鈔畢。……』（沈雲龍主編《近代中國史料叢刊》第二二輯《萇楚齋隨筆・續筆・三筆》，劉聲木著《萇楚齋續筆》卷四，第五—六頁，臺灣文海出版社一九七三年版）楊浚（字雪滄，一字健公，晚號冠悔道人）於清光緒十年（一八八四）旅厦，應聘主持厦門紫陽書院教務，隨後又執掌金門浯江書院等。光緒十二年（一八八六）呂澂『舉拔萃科，朝考一等』，師友同賀，楊浚作聯語『集句賀呂淵甫（澂）拔元』，聯云：『三千士裏文章伯，十二樓前侍從臣。』（載《冠悔堂楹語》卷中）此二句分別出自唐代詩人盧綸的七律《和陳翃郎中拜本府少尹兼侍御史獻上侍中因呈同院諸公》和許渾的七律《寄獻三川守劉公》。楊浚借抄呂氏家藏高著抄本，即在其拔貢後的第二年（丁亥年，一八八七）。

呂澂也是當時厦門著名書法家。其書法宗唐代楷書大家歐陽詢（官至太子率更令，世稱『歐陽率更』）。清末同安篆刻家謝祐《賦月山房尺牘》中有《復呂淵甫》（一八七六）一函，稱其『書法遒勁有餘，神韻亦風流逼肖，若與蘭亭諸貼並觀，當無能分其優劣者』；並求題扇面。從信中可知，呂氏請謝祐為其友人篆圖章。（謝祐《賦月山房尺牘》，厦門大學出版社二〇一七年版，第四一頁）

二

呂澂著有《青筠堂集》，未刊，已佚。此書《厦門市志（民國）》卷二十四『儒林傳・呂澂』言及。李禧著《紫燕金魚室筆記》卷七有『《青筠堂遺詩》』一條，略云：『友人示《青筠堂遺詩》數首，呂默菴先生澂之作也。先生詩未付梓，窺豹一斑，何幸如之。』（林爾嘉、李禧著《頑石山房筆記・紫燕金魚室筆記》，厦門大學出版社二〇一七年版，第四三四頁）此條選抄其中《喝水巖》《放生池》《觀音閣》《庭樹》四首，均見載於呂氏《介石山房詩稿》，文字略有差異。又《紫燕金魚室筆記》卷三『忠丞菜』條：『呂默菴先生《青筠堂雜錄》云：「番薯葉，味酸，滑，可充糧。」』（同上，第三二六頁）可以推測，呂氏《青筠堂集》分《青筠堂遺詩》《青筠堂雜錄》等部分，是包含各種文體的詩文集。此外，《厦門市志（民國）》卷二十二『藝文志・集部』列舉呂澂著《默菴詩稿》一種，無內容介紹，可能其時已佚。菽莊詩人江煦又稱呂氏『著有《默菴詩文集》』（江煦輯編《默菴詩選》，第一頁）。此稿當未付梓，今亦不存。

現存呂澂詩稿《介石山房詩稿》，係民國年間王選閑抄本，一冊，線裝，七〇頁，厦門市圖書館收藏。存本外封當係圖書館收藏時所加，裡面的原書封除書名外，還有『呂淵甫師著』『王選閑鈔』題簽。正文抬頭有書名『介石山房詩稿』，署名『淵甫呂澂著』，無抄者署名。

王選閑（一八七八—一九四七），名人驥，字選閑，號蒜園，臺灣安平縣人。乙未割臺後內渡，歸籍龍溪，居厦門。清光緒二十八年（一九〇二）舉人，又赴日本習法政，淹通新、舊學。畢業歸國後任法部會計司主事，晉升員外郎。以堂上年高，告假歸厦，受興泉永道劉慶汾之聘協助新政。民國時曾任思明中學校長、厦門市文獻委員會委員，致力於地方教育事業和文獻的收集整理。《厦門市志（民國）》卷二十五『文苑傳』有傳，稱其『性孝友，端重寡言』，居厦後『復從名孝廉呂澂、吳增祺兩先生遊，學識淵懿』［《厦門市志（民國）》，第五五八頁］。王選閑亦善詩，曾參加林爾嘉在厦門鼓浪嶼創辦的菽莊吟社，詩見載於菽莊吟社各種吟唱集；而早在一九〇三年，臺灣寓厦名士鄭鵬雲輯編《師友風義錄》，已收錄其雅集唱和之作。

王選閑抄本無留下其他信息，抄本的具體情況，包括底本情況、抄錄情況，均不詳；書稿名『介石山房詩稿』也未曾見。唯《〈疏勒望雲圖〉歌，為侯提軍桂舲作》一詩末注『尾韻一本作……』錄出了另一版本異文。由此可以推知，呂澂詩尚有不同抄本和流傳系統，王氏係擇善而抄。

呂澂的另一種詩稿《默菴詩選》，係江煦選編，收入江煦、李俊承編《閩三家詩》，一九六二年在香港印行。呂澂遺稿多已亡佚，這是迄今唯一付梓因而得以流傳的呂澂作品集。江煦為呂澂詩稿的刊行流傳，付出了大量的心血。

江煦（一八九五—？），原名啟漳，字仲春，號曉香、晴菴、杏初，晚年自署松山農，福建海澄三都鄉貞菴村（今屬厦門海滄區）人。一九一六年前後寓居厦門鼓浪嶼，加入林爾嘉創建的菽莊吟社，並受業於吟社後期主持人沈琇瑩（字琛笙，號傲樵），又協助其選編、刊刻『菽莊叢書』等吟社出版物。後於一九四三年底行役南粵，定居澳門。著述甚富，詩文集主要有《草堂別集》《圭海集》。江煦重視地方詩詞文獻的輯選和刊印，其輯錄選編之《鷺江名勝詩鈔》，作為『菽莊叢書』第六種付梓，是近現代厦門一部重要的專題詩選。此外，又先後選編刊印《閩四家詩》（澳門一九五八年刊印）和《閩三家詩》。前者係江煦旅居澳門時為懷人思舊所編，計輯許曉山（臺灣內渡寄籍龍溪）《許徵君詩鈔》、蘇逸雲《臥雲樓詩存》、林爾嘉《頑石山房焚餘稿》和李禧《香海集》四人四種詩集。《閩三家詩》係前者刊後為輯遺存佚而編，輯呂澂《默菴詩選》、李正華（厦門人）《問雲山房詩選》和施乾（晉江寓厦）《健菴詩選》三家之詩。此兩種閩詩選流傳不廣，今已罕見。

江煦所編呂澂《默菴詩選》，係《閩三家詩》第一種。卷前有作者簡介，略云：『呂澂，字淵甫，號默菴，厦門人，清光緒癸巳科舉人。玉屏書院山長，厦門文人多受業其門。著有《默菴詩文集》。文謹嚴似桐城，詩蘊藉似梅村。』編者未對詩選的底本來源和選編情況做説明。其中所選《白牡丹詞寄潤堂》一組四首，第三首前有『以下二首原稿以朱筆鈎去，現仍抄存之』一行説明，可見江煦此本係據原稿抄録，然未知底本是否即《默菴詩文集》。

《默菴詩選》卷後，附有江煦所作後跋，説明詩選輯編和付梓的前因後果，也道盡了刊印鄉邦文獻的艱辛。茲録如下：

戊戌（一九五八）之秋，余刊《閩四家詩》矣。李丈繡伊寓書余曰：『君刊《閩四家詩》，然猶有鄉先生呂默菴、李正華、黄幼垣、施健菴輩遺集，大有可刊者。盍續刊之，庶免其湮没，何幸如之？』余曰諾，遂擬刊《閩十家詩》。既而自惴窮措，大非古人汲古閣毛子晉之多金，又非近人菽莊主人林爾嘉之好古，何能致此？無已，將久藏行篋之善本書籍、書畫碑帖、金石墨硯粥之，則可付諸梓也。於是謀之星洲李文俊承，得書曰『先生扢揚風雅，擬刊《閩十家詩》以廣流傳，增光梓桑，欽佩無量，謹薄助印費二百金』云云。復有友人曰：『君之秋柯草堂李潤堂將軍（鴉片戰禦英軍兩浙軍門）端硯沽之李光前，而歸贈厦門博物館，俾鄉人得摩挲先賢手澤。可浼莊丕唐君與李君，友善言之，必易為功。』庚子（一九六〇）秋，余貽書莊君。復云：『先生表揚風雅，欲將寶藏古物易刊十家詩，至為欽佩。我來星五十年，從未見勇於為善如先生者。惟光前原籍南安，非同安鄉人也。然物珍非實用，價重難以沽。』余乃復謀諸菲律賓蘇警予君，慨為吹噓，粥諸書硯。余以書硯已有鬻，雖不足刊十家詩，亦須先選默菴等集刊印。既付梓人，即以印資少、刊書多、缺字夥、雕費繁，有如昔者在厦刊《頑石山房筆記》然，梓人不願竭力，迭延擱，歷盡春夏秋冬。余冒寒暑，催促校字，奔走僕僕。辛丑（一九六一）仲秋晦日，出門校字，為母狗咬足，十日傷愈。是亦余重然諾，扢揚風雅而捐書硯，勞神傷足，寧無世人笑余不憚煩、自取其咎耶？因濡筆跋之云。

壬寅（一九六二）秋日，海澄江煦

書於嶺南拱北亦風月平分草堂南窗

從跋文可見江煦以及李禧、李俊承、蘇警予等先賢對搜集、刊行鄉邦文獻的巨大熱情，江煦擬『將久藏行篋之善本書籍、書畫碑帖、金石墨硯粥之』，以換取付梓之資，確是勇於為善，令人敬佩。文中特別講到義鬻所藏珍品『秋柯草堂李潤堂將軍（鴉片戰禦英軍兩浙軍門）端硯』之事。李潤堂即李廷鈺（一七九二—一八六一），字潤堂，號鶴樵，室名秋柯草堂，福建同安人，官至福建水師提督。文武兼備，善詩工畫，喜收藏字畫、金石，得端硯尤夥，曾自作『硯揭』一卷以貽同好。江煦嘗撰《秋柯草堂硯揭跋》，稱李氏所藏佳硯已散佚盡矣，而此硯乃於丙子年（一九三六）夏以五十金購得，甚為喜愛。（見江煦《草堂別集》之《讀我書室文存》第二五頁，嶺南春滿堂一九五四年版）而此時則忍痛割愛。李禧特作《題秋柯草堂硯贈謦予學弟（有序）》七絕二首。其小序云：『杏初詞兄欲刊鄉前輩李望之、呂默菴二先生遺集，出舊藏李潤堂爵帥硯義鬻，謦予以高價得之，俊丞詞長亦如數助成其事。』（見李禧著《夢梅花館詩鈔》，厦門大學出版社二〇一六年版，第一三〇頁）此亦紀其事。

《閩三家詩》的刊行，得到星洲李俊承的資助。李俊承（一八八八—一九六六），字元賢，法名慧覺，福建永春人。一九〇五年隨父到南洋，後在新加坡經商，是新加坡著名儒商和僑領。歷任新加坡華僑銀行董事會主席、新加坡中華總商會會長等。祖國抗戰爆發後，任新加坡籌賑會副會長，捐款支持抗戰、救濟難民。信佛虔誠，資助籌建『佛教居士林』，曾出任林長、新加坡佛教總會主席。著有《覺園集》《覺園續集》《覺園詩存》《印度古佛國遊記》等。『覺園』為其居所雅號。

李俊承亦擅於詩，喜與詩人墨客結交唱和，是新加坡著名華人社團新聲詩社的名譽社長。永春名士鄭翹松在《覺園集》序中述及星洲詩壇，寫道：『近世紀來，乃有漳海故孝廉丘公菽園，以博贍之才，主風雅盟，為僑民倡，菽園老而癡禪上人繼之，癡禪老而吾覺園繼之，於文學蓋彬彬矣。』（見李俊承著《覺園集》，新加坡：南洋印務有限公司一九五〇年版，第四頁）可見李俊承在新加坡詩壇據有重要地位。他特別熱心於刊刻閩人詩集，『南僑詩宗』邱菽園的《菽園詩集》和詩僧癡禪（瑞于法師）的《瑞于上人詩集》，就是他出資刊印的，厦門蘇眇公的《眇公遺詩》，也是在他的資助下才得以付梓。所以，江煦一有刊書計畫，首先便『謀之星洲李丈俊承』。李氏慨然資助，並成為《閩三家詩》的合刊者。呂澂《默菴詩選》卷後即署『永春李俊承、海澄江煦校刊』。

王選閑抄本《介石山房詩稿》録詩共九十題一百四十七首，江煦刊本《默菴詩選》選詩共四十六題八十九首，後者大多重複，不重複者僅二首（即原稿刪去者）。顯然，《默菴詩選》的主要意義並不在於輯存，而在於付梓，使呂澂詩得以流傳。

刊本雖然基本與抄本重複，但抄本缺漏較多，且二版本文字頗有出入，當出自不同底本，可作互勘。以呂氏代表作之一、七律組詩《春日感事》為例，刊本有題注『乙未清明節』，其一云：『扶桑海島沸鯨波，竟入三韓八道河。馬援無人能聚米，魯陽何日肯揮戈。藩籬自撤常如此，畿輔頻驚可若何。誰為天家司節鉞，羽書還報凱旋歌。』王選閑抄本詩題則作《乙未感事》，題注『時乙未清明節也』，第二句『三韓』作『朝鮮』，末句『羽書還報』作『飛書□奏』。兩處異文含義並無不同，但刊本用詞更為典雅，而抄本還有缺字。顯然，二者相較，《默菴詩選》更臻完善，可補抄本之缺漏。

《介石山房詩稿》《默菴詩選》二書去其重複者，共輯存呂澂詩九十題一四九首。這固然不是呂澂的全部詩作，但據現有資料，他平時作詩也不多。呂澂在清光緒二十七年（一九〇一）為王步蟾詩集《小蘭雪堂詩集》作序之後，特作一跋語對比自己的詩作，頗有感慨：『澂與君相知最久。……今君裒然成集，澂之詩則薄紙數十片耳。蓋君之資學敏於澂，而澂之疏縱甚於君也。……澂累年不得一詩，雖所歷者與君頗有同異，然時遷事過，雖欲追述之無及矣。』（見王步蟾《小蘭雪堂詩集》，厦門大學出版社二〇一六年版，第五—六頁）一九三七年陳桂琛編《近代七言絕句續集》，在所選呂澂絕句《和綠天舊主蕉葉詞》的按語中亦稱：『(呂澂)性和藹，儒雅韞藉，詩文書法，皆如其人。平生致力古文，究心經世之學，詩不多作，絕句尤少，此匄自其長公少淵者。』(陳桂琛選評《近代七言絕句續集》，厦門勵志學校一九三七年版，第一七頁)

除了上述兩種選抄本，呂澂詩已難得一見。唯厦門市圖書館編《厦門圖書館聲》，曾於第二卷第十期(一九三四年五月)至第三卷五六期合刊(一九三六年一月)，分五期連載《本邑故山長呂淵甫先生遺著》，選刊《甲午感事十首》(即組詩《春日感事》)、《秋日感懷》(四首)以及《正月初四夜小集陳穆齋別墅呈同席諸君》《庭樹》《素馨詞》《茉莉詞》《紀厦門火災》，共七題十九首。此外，民國《厦門市志》亦採録其詩十多首。這些詩作均為上述二書收録，只是文字略有差異。

三

呂澂現存詩作雖然不多，但題材多樣，內容也比較豐富。其中最重要的有兩個方面，一是反映時局和地方時事的現實題材，表達了他的家國情懷；另一是與詩友的酬贈唱和，體現了他的雅人深致。

身處清末『千年未有之變局』，對當時內憂外患之時局的關注和感喟，成了呂澂詩突出的主題和內容。《春日感事》十首是呂澂在甲午戰敗之後的憂時感懷之什，是其重要代表作。民國《厦門市志》採録此組詩，評曰：『中東戰後，感事憂國，義憤之氣，流露字裏行間。』[《厦門市志(民國)》，第七三一頁]如其十云：『生是閩南積感民，憂時無計靖煙塵。厲階誰使今為梗，浩劫非緣帝不仁。久已冥心歸造化，亟應厭亂出奇人。江城盡日傳烽火，愁對鶯花過暮春。』《乙未春杪，倭寇未平，同邑王茂才以深柳讀書堂小照索題而作》一詩作於甲午戰敗之後，從詩題即可見其對外禍的擔憂。《天茫茫送沈種玉》一詩作於乙未割臺後，寫臺灣民眾先後抗法、抗日之事。詩云：『天茫茫，海湯湯，與君酌酒談滄桑。……臺灣孤懸閩海外，十年兩鬥豺與狼。』《秋日感懷》四首，《厦門圖書館聲》刊載題注『清光緒庚子年』。這四首寫庚子之變，表達了作者的拳拳愛國之心。其中句如：『孰教翠輦暫西遊，此錯何能鑄六州』，譴責清廷之意溢於言表；『宜把秋風當甲兵，東南半壁强要盟』，關懷時局之情躍然紙上。林鶴年寄懷呂澂的詩中有『相逢休更談時局，客路飄蕭兩鬢絲』之句（《漳州北港候潮舟中寄呂淵甫廣文，兼懷家太僕》，林鶴年《福雅堂詩鈔》卷十二《鼓浪集》，厦門大學出版社二〇一六年版，第三六一頁），其實，關係國家安危的時事情勢，正是他們這些深具憂患意識的愛國詩人的熱切話題。

呂澂部分詩作以反映厦門地方時事為題材，尤其關注涉及民生的社會現實問題。如七古《紀厦門大火災》，記敘清光緒二十八年（一九〇二）九月二日厦門的一場大火災，寫道：『其時官民覓綆缶，撤瓦塗屋狂奔走。水龍如飛動地來，倒灌江河入戶牖。回飆助虐氣愈驕，紛馳肆竄揚鑾驪。珠玉錦繡香茶酒，終為灰燼焦土焦。』又云：『罷稅間架備屋材，免取市廛輸欿布。休養滋息待十年，庶幾厦民仍富庶。』詩句充滿了憂時傷世、悲天憫人的情懷。

尤其值得一說的是，庚子年（一九〇〇）秋，呂澂先後作《厦門有警避居白石堡（庚子仲秋依林太僕）》和《厦警幸平歸故居作》二詩，反映了當時震驚中外的日軍登陸厦門事件。一九〇〇年八月二十四日厦門東本願寺布教所發生火災，日本駐厦門領事稱此事係中國義和團針對日本人的破壞行為，公然以此為藉口派海軍陸戰隊在厦登陸，架大炮於虎頭山上，企圖强行佔領厦門。詩題中『厦門有警』『廈警』即指此一事件。林太僕即臺灣富商、林菽莊之父林維源。林維源（一八四〇—一九〇五），字時甫，曾被授太僕寺少卿。臺灣板橋人，祖籍福建龍溪，乙未割臺後舉家內渡，歸籍龍溪，後定居廈門鼓浪嶼。白石堡即林維源祖籍地龍溪白石堡（今屬漳州角尾鎮），此地有林氏宅『白石草堂』。這兩首詩，係呂澂因日軍登陸而避居白石堡林太僕宅後所作。

日本製造的『廈門事件』，在中國官員的交涉和西方列强的干預下宣告失敗，至九月九日便已全部撤兵。然而，在短短十多天中，日軍的沿街滋事和武力威脅，已引起廈門百姓的恐慌和騷動，民衆紛紛逃離家園，到外地避難。廈門名士陳宗超云：『八月間，日人登岸，居民驚避一空，亦大傷元氣。』［陳宗超《覆邵武府張兆奎書》，載民國《廈門市志》卷二十四《儒林傳》，見《廈門市志（民國）》，第五三六頁］而當時美國駐廈門領事巴詹聲（A.Burlingame Johnson）的報告寫得更具體：『在這一天（指八月二十六日），有八千人乘着大船小船往北逃』；隨着局勢的惡化，『在華人中的恐慌絲毫未減，幾乎所有的名門望族和富裕人家均已逃離……大約有十萬人逃離了自己的家園。』（轉引自秦嶺《日軍廈門登陸事件與東南互保》第二章第三節，復旦大學碩士學位論文，二〇〇八年）顯然，呂澂一家也在這逃難人流中。《廈門有警避居白石堡（庚子仲秋依林太僕）》一詩寫了避難情形：

避地梁鴻詠五噫，伯通廡下暫棲遲。疏林落葉移家處，濁浪排空渡海時。北望妖星躔析木，東升羿日浴咸池。愁看白鷺洲前水，凫雁紛飛未有涯。

詩的首聯點題，用了東漢梁鴻的熟典：梁氏作《五噫歌》被逼逃亡，後與妻逃至吳依附皋伯通，居廡下。頷聯承前，進一步寫逃難的驚險經歷和寄居的落寞心情。頸聯轉出，寫時局之危難，亦即逃難的歷史背景和具體原因。『妖星』即預兆災禍之星，『析木』係古代幽燕地域的代稱，『咸池』則為神話中謂日浴之處。上句形象地寫出了庚子之變中的北方厄難局勢，下句則隱括《淮南子・天文》『日出於暘谷，浴於咸池，拂於扶桑』之語，影射日軍登陸厦門之事。尾聯回望家園，仍是愁緒滿懷：兵氛未靖，百姓恐慌，還似『鳧雁紛飛』不斷逃離，未見盡時。

事件結束後，呂澂舉家返回故里，又作《厦警幸平歸故居作》。詩云：

> 海波幸不揚，城市跡如故。盡室返舊廬，歸舟迅若鶩。入門歇陳勞，驚定還憂懼。燕雲未徹兵，胡騎仍滿路。半壁東南隅，要盟豈能固。（時山東安徽江南浙江廣東福建，與外國『互相保護』）所賴萬國廛，濱海皆保護。一旦罷烽煙，銷毀有同惡。以此暫息機，吾亦安農圃。

家園未遭兵火破壞，呂澂頗感慶幸。但他環視海內局勢，『驚定還憂懼』，心情仍不能平靜。『燕雲未徹兵』二句，寫的是祖國北方仍然遭受八國聯軍侵淩的情景。而在南方，早在六月下旬，劉坤一、張之洞等地方督撫為避免戰禍、謀求自保，即與列强簽訂了《中外互相保護約章》，史稱『東南互保』。『厦門事件』的迅即平息，也在某種程度上見證了這一互保體系的制衡機制。所以，呂澂詩的後半部分專寫了『東南互保』，對此寄予很大的希望。

庚子之年的日軍登陸廈門，是廈門近代史上的重要事件。它使日本軍國主義獨霸廈門的陰謀徹底破產，並直接催生出鼓浪嶼的『萬國租界』。深受這一事件影響的廈門士子，也曾在作品中表達了自己的真切感受。如林鶴年的《庚子八月廈門紀事》（見林鶴年著《福雅堂詩鈔》卷十五《園隱集》）、王步蟾的《庚子仲秋三遷鑾美感懷身世悵然有作》四首（見王步蟾著《小蘭雪堂詩集》卷八）等，但都未像呂澂如此正面直寫整個事件。

呂澂詩作的另一重要內容是題贈和酬唱，這些詩作留下了當時廈門士人交往的履跡，以及與之相關的文壇掌故。

在呂澂的題贈詩中，有題贈興泉永道觀察徐兆豐詩四首，即《題徐乃秋觀察〈香雪巢詩鈔〉》（二首）和《疊前韻奉答徐觀察和章即以送行》（二首），詩集中還附錄徐氏和詩二首。徐兆豐（一八三六——一九〇八），字乃秋，號臞道人，江蘇江都（今揚州）人。清同治十三年（一八七四）進士，翰林庶吉士，居刑部十餘年。歷官浙江溫州、福建邵武知府，福建興泉永道、延建邵道。善詩詞、書畫，藏書頗豐，著有《風月談餘錄》《香雪巢詩鈔》等。

徐兆豐於清光緒二十六年（一九〇〇）出任興泉永道道員（明清稱各道道員為『觀察』），接替前一年離任的延年，道治駐廈門；光緒二十七年（一九〇一）延年回任，徐氏調補延建邵道。他在廈門任職時間很短，僅幾個月，但性好風雅，擅吟詠，又與時任廈門玉屏、紫陽兩書院山長的閩南名士陳棨仁為同年舊識、京師同僚，因而得以結交廈門一班文士，且過往密切，多有唱和。其中與陳氏親家、著名詩人林鶴年酬唱最多。林氏《福雅堂詩鈔》卷十六《唱和集》共收錄酬贈徐氏詩七題十二首，附錄徐氏和詩五題九首。

『故國河山詞客淚，天涯蘭芷楚臣騷。』（徐兆豐和呂澂詩句）徐乃秋與鷺門詩人的雅聚、唱和不止是品詩述誼、吟風弄月，更多的是感懷時事、慨歎時局。『縱談及時艱，誰攬澄清轡？』（徐兆豐《乃秋和韻》，見林鶴年《福雅堂詩鈔》，第四七七頁）聚談如此，唱和也是如此。如王步蟾《雜感，用白體追和徐乃秋觀察作》（六首）有句：『何處難忘酒，乾坤未息戈。局驚千古變，亂較五胡多。』（王步蟾《小蘭雪堂詩集》，第二六〇頁）六首和詩，皆言時局，語極沉痛。

呂澂與徐乃秋的題贈唱和，主題是題其詩集和為其送行。徐氏《香雪巢詩鈔》，初刻於清光緒二十一年（一八九五），後又多次增補重版；呂澂所題者，當是清光緒二十四年（一八九八）江都徐氏刻十二卷本。徐氏在和呂澂的詩中寫道：『顧我逢時多鑿枘，愛君摛藻最芊綿。』所謂『鑿枘』，即互相投合。這裡不僅是就呂澂言，也是指與鷺門士人的同聲相應、意氣相投。所以，徐兆豐離任時，廈門文士滿懷惜別之情，以各種形式為其送行，也留下了一批酬唱之作。呂澂的疊韻送行詩，得到了林鶴年等人的和詩。其他如陳棨仁《同年徐乃秋兆豐觀察由興泉永道調補延建邵，作此贈行》，林鶴年《辛丑四月十日約鄉老携樽敂乃秋觀察官園恭餞，再呈四詩》《怡園開樽，約同陳鐵香山長追餞徐乃秋觀察之任延津》《徐乃秋觀察以畫梅系詩作別，和韻即以送行》等，從這些詩題亦可想見送別的情形。『叢桂永懷扶大雅。』（呂澂《疊前韻奉答徐觀察和章即以送行》其二）徐乃秋觀察在廈門任職短短幾個月，在鷺島士人中留下了一段難以忘懷的記憶。

呂澂的題贈詩有一部分是屬題、徵題之作，如《〈疏勒望雲圖〉歌，為侯提軍桂舲作》《紅葉詞為吳菊農七姬作》等。這些屬題、徵題之作，大都有值得流傳的本事。

《疏勒望雲圖》徵題是當時流傳於詩壇的一段佳話。『侯提軍桂舲』即侯名貴（一八三七—一八九七），字斌源，號桂舲，又號熊湘，湖南長沙人。湘軍名將，隨左宗棠出征西域，收復新疆，駐軍喀什，以軍功晉階提督。清光緒七年（一八八一）發往福建差委，官福建漳州鎮總兵，後誥授光祿大夫、振威將軍。能詩善畫，有詩集《陟屺清詠錄》等。侯氏駐軍新疆喀什（古疏勒地）時，為寄託對遥遠家鄉和母親的思念，築『望雲臺』，並繪《疏勒望雲圖》，以紀其事。他以此圖向西征軍統帥左宗棠等將帥索題，左氏讚賞其所表達的家國情懷，兩次為之題跋。其同僚、吟友則代為廣泛徵題，先後獲得了近一百四十位社會名流、士紳官宦和騷人墨客的題跋。侯氏把題辭輯為《疏勒望雲圖題詠集》一册，於清光緒十二年（一八八六）刊刻；後同鄉友人袁緒欽重編為五卷，於光緒十九年（一八九三）重刻。

厦門名家除吕澂之外，林豪、王步蟾以及寓厦主書院講席的楊浚、陳棨仁等，亦在《疏勒望雲圖》題辭者之列。林豪《題侯軍門〈疏勒望雲圖〉》小序云：『楊雪滄山長屬題。侯公，諱名貴，楚人。』楊雪滄即楊浚，時任厦門紫陽書院山長；曾隨左宗棠入疆，協助管理軍營事務，係侯軍門同僚。吕澂之作，當亦為楊浚屬題；詩中有『即今開府閩南地』之句，可知作於侯軍門駐守漳州之後。有趣的是，吕澂還為楊渭臣代作題詞五律二首，且一併收入抄本《介石山房詩稿》。楊渭臣即楊熊飛（一八五三—？），字璜文，號渭臣，厦門人，清光緒乙亥年（一八七五）舉人。曾居京師，任内閣中書；後以父年邁，棄官歸厦，授徒養親。與吕澂、王步蟾為知交。

『疏勒山連塞垣紫，邊陲舊日烽煙起。誰築層臺望白雲，思親心逐雲千里。千里關河度玉門，三時殺氣如雲屯……』呂澂七古題詩和五律代作，以及厦門諸家之作，與將帥題辭一樣，充滿保家衛國的英雄氣概，洋溢着征戰戍邊的豪邁之情。

《紅葉詞為吳菊農七姬作》是一首節女贊詩。其小序云：『姬名紅葉，從幼侍菊農，同侍者八人，獨姬循分，得大婦意。菊農病，調護甚勤，歿遂請於大婦，仰藥殉焉。鷺門同社友皆弔以詩。余綴斯詞云。』吳菊農，清同安縣厦門人，著名詩人吳兆荃（字丹農）之族弟。民國《厦門市志》卷二十八《忠烈傳・附『烈婦』》『蘇氏葉』條即記此節女事，云『菊農卒，氏以殉，鷺門詩人多弔以詩』［《厦門市志（民國）》，第六〇七頁］，並錄呂澂此詩。邱菽園《菽園贅談》卷六有『紅葉詩冊』條，記載此事甚詳。

邱菽園寫道：『紅葉蘇氏，泉同馬家巷人，同邑吳菊農鹺尹納為簉室。居久之，未出。菊農本豪族，婢而妾者八人，紅葉位次第七，時自危。及菊農病，益不安，謀所以殉之。遺書與母氏訣。事聞大婦，喻同侍勸，不聽；召之曉譬，亦不聽。菊農卒，遂仰藥其側。此光緒庚寅十月五日也。其情可憫，其志亦誠烈矣。晉江陳鐵香太史（棨仁）輓以詩云……厦門呂淵甫孝廉（澂）為之賦《紅葉詞》……又創為《徵詩啟》。今年二月，余自詔安返櫂，以巨冊來屬加墨。嘗賦三言一什，並轉屬林雪蘁、景脩二茂才同作數詩以歸之，而紀其大略於此。』（邱煒萲《菽園贅談》卷六，厦門大學出版社二〇一八年版，第三八一—三八三頁）清光緒庚寅年是一八九〇年。邱著此條收錄陳棨仁和呂澂二人詩，其中陳氏詩，其詩集《藤華吟館詩錄》失收。

題贊烈婦節女，是舊時常見的詩題。呂澂詩集中有《何烈婦詞》《義婦井》等詩，亦屬這一主題。

王步蟾詩集有《林烈婦柯孺人殉節詩》，小序云：『呂君淵甫敘其事，為之敵以徵詩。』（見王步蟾《小蘭雪堂詩集》，第二一五頁）民國《厦門市志》之《忠烈傳·附『烈婦』》『柯氏』條載其殉節事甚詳，又曰：『同里孝廉敦五、周孝廉墨史，相繼為之傳，呂孝廉默菴作啟徵詞，士人多為歌詞張之。』（《厦門市志（民國）》，第六〇八頁）可見，呂澂為節女作啟徵詩也並非一次，而他為柯氏的題詞則未見載於詩集。

呂澂的酬唱詩還有吟友邀游攬勝的紀遊之作和宴集雅聚的唱和之詩。《仲夏望日醵飲萬石巖，和王桂庭廣文曾幼滄孝廉作》七律一首，是清光緒戊寅年（一八七八）農曆五月十五日詩友招游雅集的和詩。原玉作者為曾幼滄，即曾宗彥（一八五〇—一九一二），字君玉，號幼滄，福建閩縣人。清光緒九年（一八八三）進士，授翰林院庶吉士、編修，歷官江南道監察御史、貴州思南府知府。在京參加維新運動，是閩學會的骨幹。他在清光緒戊戌年四月六日（一八九八年五月二十五日）上光緒皇帝的奏摺中最早提出中國陸軍改制，得到光緒帝的重視，並成為戊戌變法的導火索。變法失敗後告假返鄉，任福州正誼書院、鳳池書院山長。著有《尊酒草堂詩》二卷。

曾幼滄之父曾兆鼇（一八一六—一八八三），字曉滄，清道光二十四年（一八四四）進士，於同治三年（一八六四）至光緒七年（一八八一）掌教玉屏書院近十八年，呂澂、王步蟾均為其門生。曾幼滄早年也曾任漳厦等地講席，海澄邱菽園曾拜其為師，向其詢經問字，嘗賦詩云：『一瓣心香當束脩，門牆得附勝封侯。』（邱菽園《懷曾幼滄編修師都中》，見邱菽園《菽園贅談》，厦門大學出版社二〇一八年版，第五〇九頁）但呂澂詩題稱王桂庭『廣文』（儒學教官的別稱），而稱曾氏『孝廉』（舉人的別稱），可知其當時未在書院執教。

曾宗彥原作《五月既望，王桂庭呂淵甫楊渭臣招遊萬石巖，是日會者十二人》：『筍輿一路看山來，贏得詩情入酒杯。但使招邀皆故舊，敢辭風月久追陪。陽春未和心先醉，蠟屐曾經首重回。祇恐山靈嗔客俗，為君擁鼻上吟臺。』（曾宗彥《尊酒草堂詩》，《鶚里曾氏十一世詩》第三十三種，曾克耑編《曾氏家學》卷五十，三百六九頁）王桂庭步韻和詩《和曾幼滄萬石巖雅集原韻》，見於《小蘭雪堂詩集》卷一，呂氏和詩則未步韻。

呂澂《正月初四夜小集陳穆齋家賦呈同席諸君》一詩，是他赴陳穆齋在家中招集的一次雅聚所作，王步蟾有同題詩《孟春四日穆齋淵甫兩君招同諸友讌集》，《小蘭雪堂詩集》卷五係於庚寅年（一八九〇）。陳穆齋，即陳聯科（？—一九〇一），字穆齋，福建廈門人。曾隨父鎮黃岩，以戰績得議敘，又隨軍入甘肅。後左宗堂奏設福州製造局，提軍賴雲亭兼任局長，召他為幫辦，兼理文案。歸里後多幫辦鄉務。曾被保薦知府，但未分發，是為『候補知府』，而鄉人則多稱其為『太守』或『司馬』（明清時同知的雅稱）。

陳穆齋愛好風雅，善琴畫，喜收藏。其詩未見流傳，但可知其喜吟詠。林鶴年有《陳穆齋太守〈出塞詩〉題後》詩，其七云：『一燈風雨劇談詩，鏡裡頭顱各自知。鐘鼎山林兩無負，期君觴詠太平時。』（林鶴年《福雅堂詩鈔》，第一九〇頁）他廣交詩人墨客，時招本地名士宴聚。據稱，『君所居谷圃，同人設投壺會卅年』［林鶴年《挽陳穆齋太守（聯科）》，見《福雅堂詩鈔》，第四七九頁］。林豪《誦清堂詩集》中有詩記述陳氏於清光緒丙子年（一八七六）元宵夜招集的聚宴，據其詩題，呂澂也赴宴，然未留下詩作。

呂澂《介石山房詩稿》有《輓陳太守穆齋，步林鸞雲工部韻》七律二首。林鸞雲（鶴年）原作為《輓陳穆齋太守（聯科）》，王步蟾亦有步韻輓詩。林氏《福雅堂詩鈔》卷十六《唱和集》也收錄呂澂的這兩首和詩，但文字與呂氏詩稿抄本有異，可作互勘。呂澂詩句云：『治郡未修循吏譜（穆齋保薦知府未分發），行邊只策紀程勳（幕遊甘肅，著《西征日記》）。』陳氏《西征日記》不詳，未見圖書館著錄。呂詩又有『最憐稚子還嬌小』句，『稚子』即陳掌諤。陳掌諤（一八九七—一九八一），字幼穆，畢業於美國春田體育大學，歷任上海暨南大學、厦門大學體育教授，一九三八年赴菲，任菲律賓大學體育教授，一九六六年在菲律賓創建詞社『寰球詞苑』，任首任苑長，是著名的體育家和詞人。陳穆齋是厦門名流，去世時厦門詩人多賦詩痛悼。民國《厦門市志》卷二十九『節義傳』之『陳聯科』條，稱其『事上敬而不諂，與友信而不渝，禦下寬而有禮，故其卒也，親疏無違言。』（見《厦門市志（民國）》，第六一八頁）。

在相互題贈唱和的眾多文人中，呂澂與王步蟾交誼最深，最為相知，酬唱也最多。其現存一百四十多首詩中，酬贈王氏之作就有九首，詩稿中還錄存王氏原作多首。

王步蟾（一八五三—一九〇四），字桂庭，又字金波（亦作金坡），福建厦門人，清光緒五年（一八七九）舉人。曾任閩清縣教諭。光緒十一年（一八八五），厦門禾山書院在原安睦書院舊址後院開設，受聘為山長，後又掌教紫陽書院，厦門學界知名人士葉大年、陳綱、周殿薰、李禧等皆出門下。著有《小蘭雪堂詩集》十一卷，光緒二十九年（一九〇三）刊印，二〇一六年編入『同文書庫·厦門文獻系列』

第一輯影印重版。

呂澂為王步蟾《小蘭雪堂詩集》作序。他在序後跋語中稱：『澂與君相知最久。少壯時，同習舉業，課門徒，無暇為詩。間或偶為之，輒出以相示，必朗吟，諧笑極以酣，適而後已。』（呂澂《〈小蘭雪堂詩集〉序》，見王步蟾《小蘭雪堂詩集》，厦門大學出版社二〇一六年版，第五頁）王氏《懷人》（三首）其一云：『我懷呂淵甫，襟期最豁達。文字多性靈，言動少迂闊。抑塞磊落才，負奇宜見拔。好音猶未來，懸望劇饑渴。』（見王步蟾《小蘭雪堂詩集》，第四二頁）此詩頗見交情和相知，呂氏的才情、胸襟乃至舉止，躍然紙上。《小蘭雪堂詩集》中時見酬贈奉和呂澂之作，其中有和其《春日感事》十首，還把呂氏原玉作為附錄一併收入。清光緒二十五年（一八九九），二人曾應邀共同編校鄉先賢吳葆年遺稿《繪秋樓詩鈔》，助其刊行。清光緒二十九年（一九〇三）七月，時任厦門玉屏、紫陽兩書院山長的閩南名士陳棨仁去世，呂澂和王步蟾分別接任兩書院山長。

呂澂《題王桂庭〈小蘭雪堂詩集〉》（二首）之二云：『南陳北薛闢蠶叢，海島文章上國通。代有詞人留逸藻，時無哲匠振宗風。獨攄胸臆成佳句，不假鐫鑱累化工。好付名山藏副墨，壯夫應不悔雕蟲。』此詩前四句從嘉禾荒島的開闢說起，概括了一千多年來的鷺門文壇的興衰，表達對當下宗風不振的感慨。後四句寫王氏之詩及其詩集的意義，都是從『振宗風』立言。呂澂《〈小蘭雪堂詩集〉序》寫道：『澂嘗聞其論詩，蓋導源靖節，而兼肆力於香山、玉局者。故其為詩也，跌蕩昭彰，縱橫如志。而其意之所主，則在於挽頹風、移末俗。故雖時有憤激之言，而不傷於雅。』（見王步蟾《小蘭雪堂詩集》，第四頁）呂澂揭櫫并肯定了王步蟾『挽頹風、移末俗』的為詩旨趣。可以說，這也是呂澂的為詩旨趣。

在清末厦門文壇，呂澂與王步蟾齊名，都享有盛譽。厦門名士李禧云：『厦門名流，道咸間推葉東谷先生化成、呂西村先生世宜，同光間推王金坡師步蟾、呂淵甫師澂。』（李禧《題金坡師〈小蘭雪堂集〉》，見李禧《夢梅花館詩鈔》，厦門大學出版社二〇一六年版，第八五頁）呂澂的《介石山房詩稿》《默菴詩選》，與王步蟾的《小蘭雪堂詩集》一樣，都是那一時期厦門社會狀況和士人生活的真實反映。他們二人的詩集，體現了晚清厦門詩壇的成就，從中也可窺見他們扢揚風雅以挽頹風、移末俗的共同抱負。

洪峻峰

二〇一九年十二月於厦門大學

介石山房詩稿

目錄

呂淵甫師著

王選閑鈔

介石山房詩稿

介石山房詩稿

淵甫呂澂著

讌集挹翠山館話舊有感呈同社諸君

百年彈指間蹉跎已將半幸此世務閒燕笑遣憂患樽前念舊交投箸起長歎憶昔文社興英英皆弱冠深沈阮嗣宗曠逸嵇中散精思走雷霆奇懷渺雲漢星紀未兩周升沈遂各判宿草墓離離彈冠纓爍爍悲喜忽無端振觸心煩亂此地古佛場碑亦漫漶嗟彼豪放力不能無變幻況我同社人故紙恣研鑽晚節寶榮名肯褊慮及旦安得長會斯舊業資講貫所願後來英高舉振羽翰

陳公祠孤桐歌和王桂庭作并引

祠祀忠愍陳公祠為剛勇陳公所植二公先後死節事具

傳誌王桂庭記以長歌余繼作焉

惟桐之生本孤直冰銷雪鑠青銅色亭亭矯拔拂蒼冥飄零大樹留遺植憶昔道咸萌蘖生貞氣寇警紛從橫前陳公殞黃浦戰後陳公殉藍湖兵斷桐後陳公所種為前陳公寫其勇城隅高壘戰雨風髯鬣英姿來颯爽又為後陳公寫照當春華時先有罹秋風捲落草木衰枝葉離披根不搖吾友王郎僑祠中祠旁齋與玉獅適玉獅齋頭桐一本云亦陳公手植叢池家風流已衰歇惟見佳植長蒼龍吁嗟文章與氣節傳之不朽皆成烈惟桐榮瘁會有時安得青史無磨滅

疏勒望雲南歌爲侯提軍桂舲作

疏勒山連塞垣紫邊陲舊日烽烟起誰築層臺望白雲思親心
逐雲千里千里關河度玉門三時殺氣如雲屯金甌未奠營離
部鐵騎難驅吐谷渾將軍捧檄辭慈母腰箭韡刀紅帕首竟隨
都護出祁連不數條侯軍細柳細柳祁連並列營前驅直搗南八
城一聲雷震中肯綮萬衆歡呼雲海傾此時日逐皆驚竄此地天
驕仍屬漢矣須仁貴箭三連只用哥舒槍半段捷書馳報甘泉宮
帝嘉乃績頒彤弓紅柳絲垂鈴閣靜白山日射轅門雄鈴閣轅門
閒晝永目極倚閭心耿耿立功絕域當承歡何似萊衣勤定省山
川滿目塞雲飛陟屺空瞻未得歸安得乘雲渡湘水可能計日侍

慈幃慈幃日侍誠堪羨路隔天山不相見咫尺家鄉衡岳雲隨風縹緲來蘭鄭憶昔提兵始豫章征衣添線親手董壓陣懷雲如墨黑爾時有母不遑將即今開府閩南地慈雲布護鄉雲被回首登臺盼望時殷勤愛日猶初志嗟吁乎人生戎馬劬腓馳遠志當歸各有思好將樂府從軍曲聊補雲臺名將詩

尾韻一本作好將杜甫從軍曲聊補束皙循陔詩

前題 代楊渭臣作

奉檄辭慈母西馳達板城天山飛箭日湘水倚閭情軍府嚴持節庭幃待請纓高臺頻徙倚縹緲塞雲橫

西極望南楚提戈萬里身白雲親舍遠紅柳戍亭新甲洗天河

雨衣往瀨海塵板與近舂處花簇八閩春

題劉鑑川海上觀潮圖

雲海陰沉接空碧懸崖倒絡松根石潮頭一線忽飛來回頭茫然天地窄將軍置身崖石巔乃覺胸襟頓開闢洪濤萬丈激天風雷轟電掣蛟鼇擲此是將軍畫裏詩百里詎足供揮斥我聞將軍少壯時曾駕樓船提戈戟軍聲半夜沸奔騰乘潮血戰潮爲赤奇功偉績不自矜竟耽浩淼窮幽僻吁嗟將軍識振奇宦海升沉那復知掉頭煙水空濛裏獨撫霜鬢自詠詩

何烈婦詞

芙蓉落秋風葉枯花墮水花下雙鴛鴦隨風隕蘭芷烈婦殉其

夫芳徽〻如此溫陵水部郎宰蘿清河氏清河故豪宗有女年方
綺遺嫁託令門資從劇華美流蘇七寶裝奩鏡千金抵釵鈿璫
瑁班　綺鳳凰紫諸娣躡香車艷飾驚鄉里何郎少孤露推女壻
爾侍伯兄善持家鞠弟如鞠子迄今結賓朋不惡加警警惟女
入门時婉婉知歡旨衿纓縏香囊雞鳴起櫛縰下廚具肴修上堂
列盤匜善承慈姑歡戀〻依妯娌淑慎難具儀餘恩及媼婢勸郎
讀藏書郎嗜鑽故紙勸郎事遠遊郎重遺桑梓平生好射騎聊復
習弓矢綏送後參連遂為澤宮士方期弋雁凫雜佩報知己不意
渥窪駒中途躓剪施齋郎抱病時醫藥親料理有枕不遑款有
牀不遑倚蹀躞古佛前默祝替郎死誰知佛無靈郎病竟不起

悽絕斷柔腸一慟血如洟忍痛視斂含事〻手經紀繐帳悲風吹
靈幃積塵滓璇閨箏竟牀傑閣書在几鬼門路渺茫在臺魂延
還幾度握長繩懸絕不能弛絕粒却水漿又為姑勸止內思郎無
後族兒如瑜珥香心悅塤玲葉與郎相似況郎殯東階塋旁猶未
址斂衽拜先姑殷勤謀所以葬蒿及塋期魂車設輴輀薤露歌悠
揚丹旐飄旖旎纓裳結髻鬟長號臨墳壘悽惻動行人鄉閭為
停市無何七七終齋薦靈堂東水陸建道場經懺資冥祉榜豎
布施貫巾服餘紈綺衣裁令姻詞條遍及君諫初言郎好學家口
遺癖痛卞言郎成名立功須鞭韃終言郎長逝相從駐埃壒黃鶴
既遠別鸞鏡無光靄鶴馭不少停鵑聲轉悲哆一篇祭夫文遂成

列女史是夜掩室房暗將金篋攜舉命歸黃泉追郎躡雲旋　時何氏家守壹人後後小妹偕阿姨諸姑及伯婦縞袂襯銀璫素褶雜玉紫啜泣聚帷堂不及未歸禔比曉排闥入玉倅已僵委鄰人報里長里長忌趨視蹤跟向之官傳播不逾晷須臾冠蓋集騶從交錯趾縣令慕其賢瓣香陳曲説太守慕其賢傴僂奠清酏搢紳慕其賢牒請旌其里行道慕其賢傳説悲兼喜清風起郡城流音遍江涘草萎長命條花謝同心蘂定遨天路懷節楔可豫擬敘編烈婦詞以俟采風始

遊鼓山湧泉寺

昔聞鼓山勝今作鼓山遊鼓山雄秀出閩嶠俯視一氣三山秋我

来新雨過初霽好風吹綠鋪平疇籃輿迤邐入下寺（山麓寺曰下寺）仰見
微逕藍雲過隨山曲折作之字松濤刷耳聲飂飀攝衣憩息踏逕
石十步九折無平敞緣崖遍讀紀遊蹟不覺已到山門迤山門石磴
淨如拭林木翳蔽涼陰稠盤山左轉見古剎金碧照耀盈[illegible]眸
巍樓傑閣據山腹時有雲氣沈還浮寶相莊嚴啟正殿下瞰百
尺潛龍湫皈依大衆數千指采薪汲水分朋儔耳耳覓食衆香國
履穿衲破冬無裘寺田四萬八千畝（寺有碑載齋田四萬八千畝）云尚不足稻粱謀
晩齋早課鐘不斷頓使淨域忘煩憂暫借客堂歇塵足入夜涼月
窺窗頭攬衣起坐息萬慮想見玉宇澄浮漚遠山空濛望邑溪
江水瀲灩金光流煙林低迷浩無際衆籟寂歷百蟲啾始覺此

身出世界傍因形諦如何求曉來杖策尋歸路雲岩月峽就窮搜但恨生無濟勝具未登絕頂看琉球

放生池湧泉寺之左有放生池澄波數畝游魚滿其中游人投以餅餌爭唼食之殊不畏怖

游魚集方池爭逞唼餅餌大魚仰口吞小魚欲趨避同脫釜底游弱猶迥異何如游江湖浩蕩共生意

唱水巖岩在放生池之左石橋通焉境極幽邃相傳晏國師誦經水喧其側因唱之水退流

當年開山祖唱水過他山堆餘石岌嶪不見水潺湲石根無改易水脉有往還唱水不唱石無乃石性頑

觀音閣閣在唱水岩之左隔一小峰有水從閣旁出即晏國師唱而退流者也僧以水激輪輪轉機動懸鐘自鳴晝夜不絕

激水運機輪機動鐘自響恍若佛性靈虛無含萬象晝夜不停機妙理

冥可想問渠何能徹真源在豫章

文公祠

觀音閣左有石磴上即文公祠是日瞻拜有僧卧祠内見客不言不起推作笑容引導者謂之狂僧

瞻拜文公祠有僧卧其旁不言亦不起此意難猜詳人謂之狂僧微笑啟叟睡默會詩實理此僧殊不狂

舍利塔

塔藏舍利八十四枚瓶以水晶匣以頗黎是日朝瞰反映作金黄色

舍利存塔中藏在水晶域是日放毫光幻作黄金色僧言有鳳圖居士善知識誰知昳朝瞰俯視不可逼

照像并序

粤人有習西洋技者以藥雕玻璃置櫝中隨所見照之留影其中圖摛以紙纖毫畢現用以照人較畫工尤為神

妙光緒十五年十二月朔旦余屬照三像并系以詩

西洋賦天巧象物靡不肖粵人得其術阿堵傳神妙顧余麋鹿姿

而使寫厥照頃刻成三面神完頗轉少雖非持釣叟迷離煙雨蔽

敢謂新豐客鳶肩大邑耀吾患吾有身松栢纏蘿蔦況欲分此身

如大傳於矯介逝踏飛鴻流光彌熠耀無乃愚其愚安能料所料

因此形影急兀坐成獨笑

以所蓄墨兩笏贈蘇少山騎尉并系以詩

松煙香凝古隃麋試書能畫皆宜之老我眼昏不作字與君濃染

蒼松枝君是龍眠李伯時水墨淡雅生幽姿又如長康顧虎癡畫

筆妙墨痕淋漓紫霄峯高割兩袖只供數日研磨資願君勿嫌此

墨少曾濡彩筆鋪彤墀年來藏弃久無用祇遇候鳥秋燕詩龍賓拂髯欲我詩故遺蹤君倬畫師君家畫學家學貽墨蘭長卷珍藏護君祖鼎川善畫蘭載廈門志君繩厥武出新意腕下時有春風吹東坡墨戲我所羨但恐不足為君奇會看畫蘭譜閩一品元章神筆持

正月初四夜小集陳穆齋家呈同席諸君

中歲耽歡趣新年告去愁欲遣百慮散置酒邀朋儔惟時月生明雨霽雲未收高齋陳嘉樹秉燭良可遊投壺聞雅歌棊局錯觥籌調琴理清曲音古聽逾幽嗟我同社友青鬢霜半稠非無汲汲志忽忽常懷憂良宵亦易逝勿徒更漏遒

庭樹

庭樹不知署圃〻生綠陰偶爾一蟬集遂為秋氣吟物候有時易澄觀
無古今吾生本隨化何必難為心

素馨詞

凄迷香霧雲鬟溼玉燕釵頭齊露浥纍〻羅〻千朵花素絲罥就蕊鞋
粒美人擁髻樓上泣却背屛風特地立翡簾篤彩月消〻水暈留痕風
習〻書帷孤客暗無燈欲采餘馨研墨汁

茉莉辭

博山香燼餘灰冷夜挹銀瓶汲玉井澆花已取花滿叢氣味沈酣蘭
麝永美人試把花鈿整細簇螺鬟推鬢影夢回斗帳醉初醒望倚薰
籠心自警被花惱殺二何為起舞空庭星月炯

秋懷

秋風撼庭樹落葉飛滿階蕭條寒氣至悽惻難爲懷百物失故態吾
生安有涯凌晨攬明鏡華髮生根荄年衰遇鮮摧俗異時寡諧出門
强歡笑乃類優與俳推應守寂寞息影窮山齋
農家憫飢苦秋深禾稼熟惟士獨無田耕耨在簡牘園蒼或告余秫稈
團嘉穀以此護良苗播種辨穜稑閒餘課蠶桑繼之以畜牧常恐崦嵫景
向日逼昧谷歲晏多風霜御冬無旨蓄
星河挂屋角缺月飛簷端披衣起中夜坐念時所患北方困水潦千
野勢瀰漫南方苦疾疫戶口多摧殘民窮慮爲變撫綏良獨難況當
秋日冽到處風酸寒憂時策不立餕食愧儒冠

鷹隼乘狂飈，攫搦原猛鷙。燕雀爭高飛，相習不相避。獨有寒號蟲，哀鳴口舌瘁。鴟雛戀腐鼠，必觸鴻鳶忌。翠羽累珍禽，文采亦為累。何如藩籬鷃，翻飛僅搶地。鸒鳩笑大鵬，可悟齊物意。

籬下黃華菊，徹霜逾傾之。顏色雖憔悴，傲性終不移。餐英聞在昔，僻嗜惟湘纍。世無彭澤宰，誰知采幽姿。晚節自開落，一任涼風吹。

晨起拂窗塵，思將舊書理。墜緒杳茫茫，搜尋從何始。觸手啟陳篋，撫心聊自揣。青春亦易頹，況值秋日駛。所幸宵漏遲，焚膏可繼晷。秉燭續晝遊，所見良不似。古人補蹉跎，恐或非如此。

觀西洋影戲

一重濤幔隔油蘇，幻出圖光下有無。蜃氣樓臺原縹緲，曇花世界只須

吏直從泥彩參塵夢豈必真形在畫圖物態浮雲看變滅渾疑仙鬼到西湖

夜集吳樓聽客彈箏

延陵主人能好客夜坐開賓常滿席月華撥水上樓櫺有客彈箏和敘拍初調綠水新紅蓮百頃平湖淡欲煙繼作將軍得勝令沙場萬里烽烟彈終爲出塞怨明妃大漠荒臺雪霰飛斜行飛雁十三柱變調幽音不知數忽焉掩抑忽騫騰指下啁嘈雜風雨我聞此樂本秦聲楚歌趙曲假之唱從節衹諧時俗耳繁音未厭古人情法曲飄零知者少況覓蕤賓窮忽杪衹應銀甲勸娉婷莫遣金絲歌窈窕大雅元音久不揚息心靜聽神爲傷

紅葉詞為吳菊農之姬作

姬名紅葉，髫幼侍菊農，同侍者八人，獨姬循分得大婦意。菊農病，凋護甚勤。殁，遂請於大婦，仰藥殉焉。鷺門同社友皆弔以詩，余綴斯詞云：

冬日淒淒百卉腓，寒山霜葉特芳菲。飄茵落溷不自惜，祇似飛花飛處飛。石家七尺珊瑚樹，如意敲來朝復暮。前塵金谷鳥啼時，竟是玉樓人墜處。昔日辭根託遠枝，紅嫣姹紫鬥春思。流鶯競繞芳林囀，乳燕爭穿繡幕窺。豈知韶景難長駐，鶯燕啁啾殘月曙。錦叢淚染杜鵑啼，香冷魂消胡蝶去。零星數點血痕丹，誰把冬心耐早寒。蕭蕭挹露依銀井，黯黯隨風隕畫欄。風號露咽喬柯折，一葉錚然聲似鐵。非關砧杵善相思，豈為亭皋

怨長別歲暮冰霜感不禁微聞落葉更傷心古來樂府哀蟬曲多屬離鸞別鵠音

義婦井

義婦徐氏浙之德清人也爲其同邑黃文孫妻文孫宦閩司庾門保甲寓居鼓浪嶼廨旁有井文孫病歿徐氏投井以殉觀察長白奎以蓋以石題曰義婦井

梅花作伴飄逝井井底寒泉照清影石覆桐深鎖不忍聞爲有香魂沈月冷浙東義婦井旁居青絲汲斷轆轤虛千里宦遊携令女一朝渴病卧相如微軀捐向冰臺濯妾心自清井水濁弱質如雲薄復沈井水自淺妾心深波瀾不起心常許地下相逢定相語郎今別妾曾幾時歸來

同時前井所

為陳述堂題梅花帳額

生平宦迹徧東南，燕寢香凝旅夢酣。歸取梅花摹紙帳，故山宦舍似僧庵。

晴窗寥闃淨無塵，鬢雪香中寄此身。倚枕夢回江北路，三年常領右湖春。

題林喬翹先生遺照 先生名章樾

彈指卅年事，先生已古人。徵文感知己，展卷倍傷神。明月梅花影，秋風浯水濱。藏櫃書試許，長情落梁塵。

家世餘芸硯（若先生志沐公勳魏企硯生芸草），文章擅邑縣。名揚艱一第，盛業付諸兒。華

須雲帝宿江頭鶴吾飢秖應元亮菊能寫舊容姿

鵲噪

乾鵲朝來噪無端攪靜眠朦朧翻旭日唶嘖破炊煙客遠期難至官微夢未還幽居何可喜勞汝報簷前

癸巳石龍屏歌

畱者林生詩石屏一方磨之石理成二龍蹻鬣頭角舉青雲氣蓊然波濤汨爾有逾畫工因余作長句識之

空青一片磨作屏中含雲氣藏龍形來雲出鱗西露爪森然頭角生滄溟一龍飛騰上雲際一龍躍起波如霆兩龍蜿蜒相噴薄口流殘沫間猶腥次使雕鐫出人力雖有匠巧難為型乃知造物呈奇怪此石偶爾傳

其[illegible]靈我聞神龍變化不可測偃伏泥滓躍升蒼冥僧繇畫壁倏飛去況墨未點睛如星會有風雷出牖下用作霖雨敷天庭

乙未感事 時乙未清明節也

扶桑海島沸蘇波竟入朝鮮八道河馬援無人能聚米曹陽何日肯揮戈藩籬自撤常如此戴輔頻驚可若何誰為天家司節鉞飛書　奏

凱旋歌

牙山北道走韓京置宿發隣護遠城豈意背蒐方據險竟令奪隘已分兵五千貂錦如雲散十萬貔貅盡水傾從此東藩游牧地飄揚無復漢旗旌

仁川一水達全州設險由來重下游鐵鎖沈江隨筏去樓船橫海逐萍浮

猶煩遠使修周貢，無解降王繫楚囚。為語倭奴休幸勝，數天左袒盡同

仇。

風濤倏起大東瀛，漕轉軍儲過未還。戰艦飛煙番舶至，重圍縱火陣齒

環。鷙雷拂水西光避，碩鉄沈沙甲尚擐。底事北洋稱勁敵，不為敵克

即師班。

鳳凰城接九連城，北有天山可駐兵。告敗師留三日穀，數奔將拔五原

營。伏波馬革尸方裹，綠騎新連塚不成。遼瀋近南瀕海處，千村萬落

任橫行。

旅順巖疆震泰西，封關詎止藉丸泥。孰道遺懷荊璧無那，潛師渡水

犀[illegible]嶺不籌。贏卒守寶山邊憑，羯胡攜廿年教訓成何用，堪殺孤忠

金[illegible]碑

統率雄兵護瀋陽宋公鐵石表心腸臨邊城郭甘渝棄薄暮冰霜吾
備嘗塞外徙兒爭殺敵山東悍賊解勤王幽燕自是資屏障不使胡塵
亂簸揚

盡收鉄艦入東隅威海依然拱上都避道心旗終必敗藏舟於壑負能趨
李陵矢竭思降虜趙信軍亡懼受誅下瀨戈船皆委敵神京誰伏陸
兵扶

澎湖卅島扼全臺遙瞰東瀛舊地來能控五鋒銷烈談難吹暖律轉
寒灰魚鹽利尚乘風逐猿鶴羣隨巡照回巡尺安平南北港持危深望
濟時才

生是閩南積感民憂時無計靖煙塵腐儒誰使今爲梗浩劫非緣帝不仁久已冥心歸造化亟應厭亂出奇人江城連日傳烽火愁對鶯花過暮春

迂儒

六籍深如海迂儒感測以蠡窗前飛野馬甕底舞醯雞行路嗟荊棘談兵怯鼓鼙誰爲王景略被褐見安西

己未春杪倭寇未平同邑王茂才以綠柳讀書堂小照索題因感而作

瀕海煙塵吾莫支君能獨寫春盡詩驚波不入青溪水狂飇難摇綠柳絲自古平邊原有策伊誰出計竟無奇干戈未擾遺經在聊把丹鉛課小兒

除夕 丙申

百歲光陰能有幾，況過五十有三年。蹉跎久不償詩債，酩酊今推付酒錢。北向雁飛經鍛羽，南來魚躍轉潛淵。風塵澒洞人垂老，除夕裁詩只自憐。

天茫茫贈沈種玉

種玉名藍田，家臺灣雞籠山（山形似之，後改基隆）。法蘭西來侵，集鄉兵禦之，殺其眾。後官軍退守大稻埕，家為所燬。及日本竊全台，復遭其酋長倭人恨之，重燬其家。歲己未避地鷺门，與余友黃甫巖善，坐次述其事，有感而作

天茫茫，海湯湯，與君酌酒談滄桑。君言少壯學儒術，游經兵亂親

我行臺灣孤懸閩海外十年兩鬥豺與狼前者攫綱後吞噬孰恤麒麟尊鳳凰君家雞籠當要衝覆巢毀卵憂陷亡招手鄉民據山峽隱伏機弩驅豺犬貳負橫尸徧林樹刑天斷首逃且藏兵人積憤重報復里門舟及池魚殃轉徙流離誓不悔祇恨天戈無復揚嗟哉君且悲勿傷自古成敗非有常君不見匈奴南襲漢同紀内侵唐至今率土仍歸王臺民豈少如倉葛青眼高眼望沈郎

和陳劍門孝廉潞河舟次作

津橋風雪撲征驂海望京華倚斗南萬里金門將獻賦孤舟樽酒且深談手邊策豈無王朴破虜軍誰似耿弇回首潞河停棹日與君前後試矣

東溟駭浪潑飛鮮水驛山郵漸變更轉漕刳船屯衛所颺輪鐵軌達皇城鶯花三月慈爲客草木終年善備兵擊楫中流吾老矣先鞭欲著讓君行

奉贈太僕卿林公時甫

侍從當年選送才紫薇華省直三台使星駐節臨桑梓御月流光被草萊世業游經滄海變宦情淡逐嶺雲 蒲車奉駕誰徵引翹首黃金才聯臺

庚子 題吳樞臣先生續秋樓遺集

鷺江春水爲花樓獨采芙蓉續素秋香草美人多別恨幽蘭公子本離憂韶華旖旎歸文藻情緒纏綿憶舊遊自是玉臺新詠體風流

占斷小杭州

梧桐

梧桐生空山孤高餘百尺濃陰十畝间泉石涵深碧移植花屋前地殊土性易劇難厥材芽糵復萌甲坼當春發華姿留蔭君子宅誰知性既違殊非情所適枯槁摧爲薪根株并芟柞當其移植時珍重如拱璧護之以雕闌溉之以靈液葉有么鳳巢枝有棲鸞迹一朝委塵埃曾不堪顧惜所以琴瑟材託根慎所擇苟非依高崗亦宜近靜室幸勿入朱门中遭遺棄擲

廈门有警避居白石堡　庚子仲秋依林太僕

避地梁鴻詠五噫伯通廡下暫棲遲疏林落葉移家處濁浪排空渡

海時北望妖星躔析木東井昇日浴咸池愁看白鷺洲前水息雁紛
飛未有涯

山齋秋暝

暮色蒼然合山居怯暝時飢蚊隨燭轉棲鳥逐更移眼倦拋生事心煩
負遠期壯懷銷晚景遣興强裁詩

廈警幸平歸故居作

海波幸不揚城市逐如故盡室返舊廬歸舟迅若鶩入門歡塵勞驚
定還憂懼燕雲未徹兵胡騎仍滿路聿望東南隅要盟豈能固（時英
安徽江南浙江廣東福建與外國互相保護）所賴萬國壓濱海皆保護一旦羅
烽煙銷毁有同惡以此暫息機吾亦安農圃

讀王莽傳

雖將金策證嘉祥銅匱平分兩檢張杜說巨君貪瑞應獻書人竟號哀章

山齋早起

滿潭寒水浸紅霞遠樹微聞鳥雀譁萬頃平疇開曉色一輪初日上窗紗

自笑

自笑三生杜牧之牢騷拼將換新詩罪言未必堪時用癖好推應与古宜懷抱自來何處展亂離經後彌增疑溪山靜處聊安硯微雨平居有所思

秋日感懷

直把秋風當甲兵，東南半壁強要盟。和戎魏絳非無策，擊越終軍未請纓。欲使海疆還揖讓，竟教畿輔任紛爭。安邊異日論功過，青史模糊未易明。

孰教翠輦暫西遊，無錯何能鑄九州。誤信天師尊左道，竟令王母徧行籌。千軍俎逮輕相試，萬户瘡痍痛甚瘳。摩湖忠良殉社稷，阽誰能解至尊憂。

羶腥羊犬滿京都，冀翅中原雜五胡。內府金繒輸氈幕，層霄宫闕化烟蕪。當聞抗疏誅三士（袁昶 許景澄 徐用儀），幾見當關仗一夫。謹此藩籬應盡撤，有人還念補牢無。

燕山形勢勝關中，三輔迴環鎮二雄。爲召西戎侵亞邑，誰聞方叔奏膚功。擁兵坐視金甌缺，扈蹕行隨玉輦通。惟有滇池名將在，勤王屢疏表孤忠。

辛丑

輓陳太守穆齋步林鼇雲工部韻

垂老龍媒尚逆羣，鹽車負軛路交紛。風塵馳逐空餘子，裘帶雍容屬使君。治郡未修循吏譜穆齋保存知府未分發，行邊祇策紀程勳嘗游甘肅著西征日記。囊琴今與人俱杳，三疊陽關不再聞君藏琴甚古製一枚常作陽關三疊。

家世樓船出海東，推君華嶽擅文雄。儒生欲播荒苗雨，將種猶餘大樹風。百畝俸田隨分盡，萬籤付誰終前情。稚子遲嬌小，淚濡啼鵑血盡紅。

題徐乃秋觀察香雪巢詩鈔和兆豐

白雲樓客白雲篇曾詠霓裳集家仙燕市悲歌原慷慨江南風景
致纏綿笙聞鳳嶺吹臺月劍訪龍津古冶煙自記行程兼記潛朗吟
應付好詩傳
永嘉東渡江山邑天寶西迴李杜豪自古窮愁惟著述幾人宦達尚
風騷公身前世修明月詩筆當揚扶怒濤使我悲吟香雪裏梅花品格
本清高

和作　徐硯寮

偶將歲月遣詩篇兩字頭銜愧散仙顧我逢時多鑿枘愛君撝藻
最芊綿絃橫高密窗前草茶熟樊川榻畔煙一片青氊天位置儒林
文苑從堪傳

當筵話别宣南事，無復詩豪更酒豪。故國河山詞客淚，天涯蘭芷楚臣騷。空令精衛冤銜石，且喜鼇魚怒息濤。大將鷺江文獻訪，才名班馬本同高。

疊前韻奉答觀察和韋郎以送行

自愧才非寶劍篇，幸逢丹訣度天仙。凌雲筆健能扛鼎，寒谷春回勝着綿。閩嶠待沾鴻羽澤，瀛寰初散蜃樓烟。乘時郎召方敷化，芃黍甘棠到處傳。

謝公此去難為别，臨汝清吟興不豪。叢桂永懷扶大雅，畹蘭聊擬效離騷。况當晚歲鄰永雷，常恐狂飈鼓海濤。砥柱迴瀾誰作手，起衰羣仰斗山高。

和王桂庭憶燒鴨

昨聞君吟憶燒鴨，使我每飯懷帝京。京師軟紅塵十丈，曾與君共蹋
春明。惟時禮闈逢撤棘，排日遊讌陪群英。煎熬熇炙恣嚼噉，就中鼎
鬻遍侯鯖。適來索居厭蔡藿，回想風味饞涎傾。去年天狗忽墜地，燕
市屠割鮮血赬。我皇八月西巡狩，大庖不備屬車行。麥飯蕪蔞亭下
進，豆粥滹沱河畔呈。從官侍臣時扈蹕，山川跋履飢腸鳴。況聞秦中旱
飢饉，幸得年穀如環環。哀鴻雖經勞來集，挺鹿終虞走險鶩。迂儒
憂時無良策，飽食已愧東方生。矣敢重作華胥夢，思實大鵝還雞羹。
同君作詩以自砭，我亦饕餮非忘情。

訪梅

為愛孤芳共歲寒不辭風雪訪林巒即今庾嶺看花遠信昔崗巖得相難用汝和羹調鼎鼐況誰吹笛倚闌干相逢月落參橫際笑指冬心一寸丹

觀燕客所得書畫慨然有作并序

光緒辛丑季冬既望閩商有自天津來者得書畫數軸余所見有聖祖仁皇帝御書元鮮于樞草書明唐寅仇英所畫赤壁前後遊圖董其昌書漢公孫宏贊王粲登樓賦皆長卷裝池琳瑯滿目云購自洋人蓋去歲拳匪倡亂外國聯軍入都所擄也諸卷或藏自內府或出自諸舊家皆希世之珍乃委諸草莽四胡為哉展卷淒然不勝感喟因作此詩

胡塵四合窺京邑，爭向石渠探寶笈（赤壁畫有石渠寶笈畫章）。零縑斷素散人間，妙蹟無人能收拾。津門有客能好奇，重價購得叢殘之中。有仁皇宸翰在，奎章煥發光陸離。止遲肅容謹再拜，奚敢御視天日姿。又有元臣伯幾父書，如驚蛇草中舞。既復前朝唐與仇，畫成赤壁前後遊。上嵌古稀天子璽，曾經純廟精鑒留（畫有古稀天子御寶，又有三希堂精鑒璽）。傳觀至此已歎息，更覩喬光神品墨妙。宣賦寫孤客心，公操贊列諸臣力。苟能器使任羣材，何憂亂離望鄉國。我思康熙乾隆間，四裔賓服參朝班。王母繪呈畫益地，詞臣醉草書嚇蠻。天下畫書歸一統，牙籤玉軸堆如山。喬木此臣長已矣，全漕葉出何

何當重收入內府，時供御覽怡天顏。

題王桂庭小蘭雪堂詩集

墨瀋淋漓筆似椽，併傳身世入詩篇。風情淡泊香山老，天籟鳴時玉局仙。數見兵戈愁未艾，無聞絲竹感中年。淵源遠接彭陶令，自異西崑待

汪篯

南陳北薛闢蠶叢，海島文章上國通。代有詞人留選藻，時無哲匠振宗風。獨攄胸臆成佳句，不假鎸鑱累化工。好付名山藏副墨，壯夫應不悔雕蟲。

紀廈門大火災

光緒二十八年秋九月二日，天爇彼廈门通衢三里許，市屋半被祝融攻。初時星星火上屋，勢未燎原猶可撲。誰爲坐視使之然，遂至飛揚難制服。福懷和鳳十三街（廈门巨賈多聚福山、懷德、和鳳三保，俗謂十三街），喧闐百貨多生涯，自辰至亥八

十刻烟銷霧捲塵埃埋其時官民覓綆缶撤屋塗屋狂奔走水龍如飛動地來倒灌江河入戶牖迴飆助虐氣逼驕紛馳肆竄揚鎏琥珠玉錦繡香茶酒儘為灰燼焦土焦我思古人修火政春冬出納光頒令鄭不禳火人不疑宋不戒火民不病况茲頻年苦旱乾望衡對宇同蘇蘭曲突徙薪計無術壁墻成赭楹成丹劉昆反風未易遇康兒儲水誠堪慕龍　閒架備屋材兌取市屋輸欣布休養滋息待十年庶幾廈民仍富庶

殘菊枯荷兩詠效楊誠齋體

靜寄東籬閱歲芳那堪秋已過重陽經霜未損深黃色映月猶浮閣淡香聊共寒花爭晚節不隨凡卉鬥新粧淵明去後誰知己

憔悴西風只自傷

滿渚枯萍貼濕泥高荷萎折水東西風來畱送清香遠雨過難尋翠蓋低欹託微波過洛水誰搴芳汎到前谿笑人遲暮紅粧褪瘦影婷婷夕照迷

冬至

短景催冬至衰年迫歲除清寒聊試筆習靜只觀書旱久泉皆涸春回日未舒亦眈推永夜酣寐夢蘧蘧

日者黄怡泗以所畫諸葛武侯孫臏管輅索題因以詠之

黄生喜術數志乃與古儕緬懷千載上特畫三異人孫臏師鬼谷用兵妙若神管輅憶市肆賣卜全其身自來奇傑士出處皆有因

堂〻諸葛公奇轶信絕塵窺蜀炎大井漢鼎不沉淪世傳有識語
無乃失其真碩生審所事學術擇其純因物與為則所要在義仁
勿為流俗技椎愚困與貪古人如可作垂譽共千春

聞故友劉廣文秋澂埜日不能致送作此輓之 秋澂名德淵

故人寥落已無多宴恐饒君薤露歌壯歲永思元貢 秋澂以恩貢生保選教職 半生
滯迹在嘉禾 秋澂廈門館穀二十餘年 才名宿草埋黃壤舊業喬松剩翠窠 秋翠窠其別業自
愧巨卿負元伯寒江咫尺阻風波

贈林少敦之大阪觀博覽會 名爾述

昔聞海上有神山船至天風却引還三島仙居疑世外千年故國在
人間廣場特設珠槃會英俊先參玉筍班一路紀程兼覽勝歸裝

著述補瑯環

飛輪飈舉達瀛洲盛會開將集地球天產五行資考證工人萬彙足窮搜根無古籍稽秦漢幸有新稱闢美歐他日中華同軌轍塗山玉帛燦皇猷

苦熱

炎帝秉炬臨神洲祝融受命登高邱遠呂羲和鞭紫虬赤雲飛與朱鳳游來從北陸行未休絳宮玉女冰雪柔六銖衣薄香汗流瓊臺璇室高且幽如坐深甑烝浮浮大塊噫氣皆鬱攸瑤池懸圃不可求安得少昊迴清秋一解雲漢藴隆憂

食苦瓜

兀坐對盤飧苦熱厭腥腐獨愛有敦瓜非爲夏多苦潤之以豨膏
濟之以卭蒟其味乃益腴勝啖茅根脯譬如嘗熊丸精神頓軒舉又如
飲冰蘖勵操潔外侮食蓼既云甘茹荼亦不吐嗜好與俗殊酸鹹了
無取

題鼓浪嶼寓齋

愛山若乏買山錢江館留賓賴主賢入室臨窗摹古帖出門望海
辨洋船感時不覺人垂老避俗何妨地稍偏欲藉清吟消永日慚非樂
志在林泉

古意

相憶愁難見相見愁易別菟絲與蔦蘿纏綿無斷絕

題秋海棠紅蜻蜓畫扇

牆角蘚苔曉露籠，柔枝靡曼一叢叢。憐他絕好宜春種，開向深秋怨雨風。

曾向江頭立釣絲，細風嫋嫋不禁吹。花籬亭午聞香氣，擬續山陰記夢詩。

題葉墨林小照

塵世豪遊屬少年，如君風致更翩翩。聽鸝柳陌春攜酒，盤馬松崖遠著鞭。戴笠尋詩殘雪後，行廚試茗落花前。好將逸品留圖畫，不羨人間有謫仙。

和孫天舊主蓋葉詞

碧紗窗外雨瀟瀟雙綰丁香束楚腰冷燭無煙春夢醒垂簾相對可憐宵

閒倚闌干媚夕陽一團綠玉暖生香芳心密卷無人覺贈與東風訴短長

夜雨

靜夜雨塵纖隨風入畫簾飄燈渾欲溼潑竹密難淹花落香猶噴池明水晴添匡牀人不寐默坐數更籤

題畫

雜樹鏖秋色數峰流水閒是誰搖艇子卧看米家山

李義山無題二首

衡陽錦字冠秦州，獨寄西風十二樓。緱嶺銀笙吹夜月，瀟湘斧瑟鼓春流。天花祇向瑤臺落，紅葉難隨御水浮。悵望崑崙瓊玉閬，蓬山弱水路悠悠。

銀河秋水隔東西，織女機絲望轉迷。那有秦臺飛彩鳳，空聞牛渚照靈犀。楊枝詩句悲中得，桃葉歌詞醉後題。畢竟猜狂了無益，傷心向石與青溪。

題畫

涓涓流水韻鳴琴，春到櫻桃熟已深。山鳥不知春已老，枝頭還作白頭吟。

贈友人納寵

一瓢流出水痕香信步尋春過石梁不是天台仙路近桃花本
自屬劉郎
鉄網沉埋有幾時鮫宮深邃少人知最難碧海驅龍手撑出珊
瑚第一枝
篔簹春水漲三篙照見芙蕖出綠波莫揭臙脂看山色遠山橫
翠遜雙娥
生小腰支劇可憐恰逢卻扇嫩晴天畫眉鏡下應愁絕郎夢生
花筆似椽
耿耿宵星伴月俱閨中同唱鳳將雛料知更得夫人寵親解明
璫繫繡襦

阿閣三重舊鳳窠織將錦字唱迴波休聽渡口桃根曲恁却秋風

紈扇歌

涉江草擬采芙蓉奪得名花壓眾芳不待秋光滿堤岸已來

桂枝香

題林廼卿司馬遺照 并序

林君少卿余通家好也歲甲戌以其尊甫廼卿司馬遺象索
題曰此先君遺象像其少老而不能像之顧得一言以彰之余
謝不敏者再既而不獲辭乃為綴之律以歸之憶余昔教即館
其家時司馬年已五十餘矣白晳微髯見之者稱為長者其從
季良洲茂才與余交特厚此像懸其讀書室中過從時指而

聞之始知為司馬孟其時已有衰壯之異矣未幾良朋遠逝余亦移硯他所迄於今而司馬棄世又二年矣嗟乎余年三十耳指屈為游髮謝始年重展斯卷不無人琴之感少卿見之當亦慨然也

池亭花木繞廬清中有幽人寄遠情盡意鴻唐稱易老乃知張緒憶前生飄飄雪彩飛鴻逝落落琴聲大壑行（畫作振琴綠陰景）漫把丹青重有識流光似水思縱橫

弱冠從軍欲棄繻當年曾共子雲居下驚遠貌非生貌敢信今吾是故吾人世不堪思往事舊遊強半已分違黃公爐畔山陽笛今日傷心到畫圖

登玉沙坡礮臺观海

鉄笛吹残海若驚，登臺有客抱豪情。雲浮諸島歸懷袖，地轉迴流繞斗城。銅礮猶存都督字，銀濤還作鼓鼙聲。即今澤國鯨波息，極目平沙草未生。

對此茫茫百感併，扶桑東望入虛無。島夷琛責誰徵貢，閩態軍儲此轉輸。航海有人通墨剌，乘槎無計訪黄姑。閩南鎖鑰茲稱最，兇仗雄才展壯圖。

蘇笑三畫梅歌贈楊郁山

笑山畫梅詩奇逸，老幹新枝相屈詰。嫩蕊忽作媚春姿，宛爾香風吹滿室。君家名畫富收藏，卷軸実実窖千鐔緗。獨為梅花數寫照

渟毋品格可相方我思癯仙性兀傲積雪堅冰不能挫持於霜裏
吐鮮葩水驛山亭紛矮婿幽姿留作畫圖看猶是冬心耐歲寒梁几
湘簾時靜對羅浮仙夢勝耶鄆憶昨故人在隴首紙帳梅花相伴
久（味禄齋太守拳擻丹青摸梅花帳自隨諸知交皆有題詠）倘逢驛使寄郵筒再補新詩書幀後

戊寅 白牡丹詞寄潤堂

玉環容貌擅豐肌爭及同時虢國姨不御鉛華呈皓質却嫌脂粉污
清姿風廻舞影飄瓊佩露灑衣香潤玉墀調奏清平太詞貴杜（王）湾
穠豔一枝々

華鬘會上證前因別樣丰姿出世塵不惹人天空色相無邊水月
見精神維摩室小雲常暖長老園幽雪自春憶向旃檀香界裡

皈依先禮白衣人（用時齋中花開先以供佛）

吴贊府綸堂以畫水仙花帳額索題率占應之

解珮曾聞洛漢濱，凌波更賦洛川神。水雲鄉裏遊仙夢，從覺迷離記不真。

湘煙環渺接湘波，帝子揚靈竟若何。君是前身蘭渚客，寒帷擬續楚騷歌。

題陳和卿畫幀贈林璞涯

咫尺風泉響，琤琮不可尋。誰將千丈瀑，寫入七弦琴。遠籟澄幽渚，秋聲落晚林。披圖頻側耳，恍惚有餘音。

憶過雨道逢，聞瀑布聲。行裝無綠綺，空對百泉鳴。細玩斯圖

崇重懷昔月情何當邀叔夜一滌俗琶箏

吾邑和卿子揮毫通老瓚無法清遠意寫作畫圖看峭壁橫雲峻

會樓俯瀨寒高山流水曲古調向人彈

不與鍾期遇牙琴亦枉然積塵生玉軫飛雨溼冰絃響絕蘭罄谷

聲微不韻泉知音如子羽何惜廣陵傳

贈劉曉堂東渡

滿裝輕舸載牢騷別酒酣嬉意轉豪莫唱橫江津吏曲好持忠

信涉波濤

和王廣文桂庭三十自壽原韻

漫將歲月悔蹉跎三十功名笑貴何縱使飛黃騰達早奚如守

黒息獄多妙年已富宏通學得第還登茂異科試比呂安誰鉩
落同茲萮簡費研磨
上階蝴蝶二無聊博得閑官可永朝臟腹才招流俗忌畫眉
樣謝入時嬌女如張鷟皆青選詩學龍眠只向描且眷博扶秋
翮健會看高翥上雲霄
青鐙絳帳是生涯素願如斯喜不乖在職縱無民社寄居官
應有樂憂懷盥餘苜蓿迎朝旭膳減豬肝斷午齋料得豐
宮知事日誦生巾卷蔭高槐
風疍超甚邁等倫論交屈指十餘春疏狂意態逢人懶辭達陶
襟獨我親欣把詩歌當祝兕且謀酣斷慰勞薪壯年自有無窮

業莫溪商山號送民

附原作

方剛膂力已蹉跎使歷期頤可若何壯歲韶華孤負易半生涼
草退藏多廣文官冷慚三絕優行名虛愧一科臨不十年書早
讀逢廬風雨事編摩

青氈寂守苦無聊西抹東塗暮復朝儒服久為當世詬嫁衣只
助別人嬌餐餘苜蓿心常愜樣學葫蘆手厭描靜向閒中觀物
化巨魚縱壑鶴沖霄

茫茫學海望無涯三十成名願已乖不肯逢迎隨世態最難消
遣是情懷俗孫爭哂同癡掾長嘯知非遜魯齋強自寬心安

老母吾家原有相公槐
且壽樂事盡天倫入室都成盎盎春玉樹階生期弱弟金蘐護日
永祝慈親鴻妻椎髻能操臼霸子蓬頭學負薪覓得醇醪
同聚飲陶然共作太平民

仲夏望日醵飲萬石巖和王桂庭廣文雷幼滄孝廉作

松風謖謖拂行衣共款招提上翠微酒氣半醺岩果熟歌聲細繞
石泉飛俱懷逸思能高詠漸覺浮生此息機舉竟曾王風調別
一篇冰雪和應稀

庚辰元月

千家朝旭影曈曈巷舞衢歌醉飽中常使人生如此日奚憂世俗

不同風輕寒已減冰霜釋暖律初回草木融不分腐儒窮未達猶將吟詠答龐鴻

溫陵道中

方野連畦碧透抽亂山雲木叫鉤輈肩輿五月溫陵道細雨斜風似暮秋

偶作

素業青緗志未虛無於筆札度居諸何需了却時文債放眼未覘有用書

題陳經庭感舊圖并述其意

海燕飛辭玳瑁梁不堪重上爵金堂癡心猶作遊仙夢疑是

白雲到帝鄉

斑竹分明有淚痕攜來錦瑟細思論莫吹別鵠離鸞曲恐未成聲已斷魂

青鸞信息杳難尋徒向層臺寄此心未識瑤池朝會後可能重奏八琅音

且付深情與畫禽佩環縹渺入虛無還誰料理文園渴再鼓求凰調不殊

讀神僧傳

三生解脫老鳩摩曾把吞針戮刹那為甚情魔降不得講經壇上業緣多

端居石室病維摩，靜據蒲團觀刹那。畢竟情根消未盡，天花散處著衣多。

借七嬉

心事年來亂似絲，懺除結習久忘機。昨宵偶占春燈謎，擬欲逢人借七嬉。

寄王伯倫同年

覓得餘杭酒百壺，漫遊燕市訪屠沽。飲醪我欲交公瑾，罵座人嫌近灌夫。花鳥有情添畫債，江山無賴負詩逋。山齋寂歷如相訪，煩寫春巖細雨圖。

倒疊鷗館主人韻

越王臺上試披襟，未遇成連且鼓琴。芳草易迷經過迹，名花能繫倦遊心。枇杷门巷曾經訪，楊柳樓台莫漫尋。輸與羅浮仙夢穩，啾啁翠羽日初沉。

滬上雜詩

禦寇於今重鉄兵，如何海内有衡行。要知才萬横磨劍，不及澶淵一日盟。　机器廠

千頃綿花萬簇蠶，織文纖纊出江南。東人杼柚雖云巧，祗恐西人器不堪。

濟南趵突久傳聞，此地流泉亦吐芬。何必采蘭逢上巳，經年士女總如雲。

村翁負鼓演傳奇，盲女彈詞亦可悲。不意嫦娥新度曲，廣場曾許萬人窺。說書場

香車寶馬逐飛塵，入座裙釵暖勝春。醉後雛鬟歌豔曲，旗亭畫壁是何人。

脫將簪珥易冠巾，撲朔迷離認未真。底事登場多粉墨，不惟堂嬲女兒身。嬲兒戲

宿楊村

村前有鉄篙卓立水際，傳為後梁王彥章在此刺船時所遺。

楊村有故迹，我未將訪之。鉄篙水中立，聞自後梁時。王公未虎變，鼓棹河之湄。一朝感知己，遂提十萬師。匪惟爭戰苦，將身命糜所輔。雖非正所志，實不欺花村。歷今古，誰如公所為。

泊河西務

凌晨發通州晚泊河西務積雨漲河流歸帆迅若鶩遠聞鳥雀喧倏見村墟暮水驛鼓濤環默識來時路殘夜啟蓬窗微月掛烟樹坐待曉鴉啼鄉心隨夢去

六月十四夜假宿禮部直廬

風傳宮漏遠聞聲地近蓬壺暑氣清婆闕凌雲天宇淨九衢撥水月華明帝鄉猶作漁樵夢草野難忘蒲藪情待曉蟜蚴將接簡愧無彩筆奏詔謨

哭李茂才子健

子健名維貞李提軍增階文孫余少時同學友也美丰儀能

書畫補博士弟子員蹭蹬名場以訓蒙老壬寅正月四日訪之
已委化在殯矣追維昔歎不覺涕之何從詩以哭之

頻年契闊日懷思無趁春風話別離豈意款門重過訪竟逢厭世已
長辭知君抱病從何日別我論文有幾時同學至今誰健者更無
人可訂交期

貧賤之交老倍真白頭意氣尚如新九泉誰復為知己百歲何從
覓故人此日蓋棺成永訣當時共硯獨相親追尋昔歎翻疑夢欲
續前緣已隔塵

無後書畫遺閒緣玉立亭亭憶綺年花甲已週非不壽塵根未盡
那堪仙何如共住人間世矣必先生忉利天地下若聞吟調若如應

回首一凄然

默菴詩選

杏初題

目錄

呂澂，字淵甫，號默菴，厦門人，清光緒癸巳科舉人。玉屏書院山長，厦門文人多受業其門。著有《默菴詩文集》。文謹嚴似桐城，詩蘊藉似梅村。

遊鼓山湧泉寺

昔聞鼓山勝，今作鼓山遊。鼓山雄秀出閩嶠，俯視一氣三山秋。我來新雨適初霽，好風吹綠鋪平疇。籃輿迤邐入下寺（山麓寺曰下寺），仰見微徑盤雲道。隨山曲折作之字，松濤刷耳聲颼飀。攝衣憩息踏徑石，十步九轉無平陬，緣崖遍讀記遊跡，不覺已到山門幽。山門石磴淨如拭，林木虧蔽涼蔭稠。盤山左轉見古刹，金碧照耀盈雙眸。巍樓傑閣據山腹，時有雲氣沈還浮。寶相莊嚴啟正殿，下瞰百尺潛龍湫。皈依大衆數千指，采薪汲水分朋儔。年年覓食衆香園，履穿衲破冬無裘。寺田四萬八千畝（寺有碑載田四萬八千畝），云尚不足稻粱謀。晚齋早課鐘不斷，頓使淨域生煩憂。蹔借客堂歇塵足，入夜涼月窺山頭。攬衣起坐息萬慮，想見玉宇澄浮漚。遙山空濛黛色涵，江水瀲灩金光流。煙林低迷浩無際，衆籟寂歷百蟲啾。始覺此身出世界，勝因妙締如可求。曉來仗策尋歸路，雲岩月峽幾窮搜。但恨生無濟勝具，未登絕頂看琉球。

放生池

湧泉寺左有放生池，渟泫畝許。魚滿其中，遊人投以餅餌，爭唼食之，殊不畏怖。

遊魚聚方池，爭來唼餅餌。大魚印口吞，小魚斂翅避。同脫湯釜中，强弱猶迥異。何如在江湖，浩蕩共生意。

喝水岩

岩在放生池，左右橋通焉。境極幽邃，相傳晏國師講經，水喧其側，因喝之，水返流。

當年開山祖，喝水過他山。惟餘石岌峨，不見水潺湲。石根無改易，水脉有往還。喝水不喝石，無遁石性頑。

觀音閣

閣在喝水岩左，隔一小峰。有水從閣旁出，即晏國師喝水退流者也。僧以水激輪，輪轉機動，懸鐘自鳴，晝夜不絕。

激水運機輪，機動鐘自響。恍然佛性靈，圓轉通萬象。晝夜不停機，妙理微可想。問渠何能爾，真源在豫養。

舍利塔

塔藏舍利八十四枚，瓶以水精，匣以玻璃。是日朝暾反映，余見之皆金黃色。

舍利存塔中，藏在水精域。是日放毫光，幻作黃金色。僧言有夙因，居士善智識。誰知映朝暾，仰視不可逼。

文公閣

觀音閣左有石磴，上即文公閣。是日瞻拜，有僧臥祠內，見客不言不起，惟作笑容。引導者謂之狂僧。

瞻拜文公祠，有僧臥其旁。不言亦不起，此意難猜詳。人謂之狂僧，微笑啓雙眶。默然得實理，此僧殊不狂。

照相（並序）

粵人有習西洋技者，以藥蘸玻璃，置櫝中，隨所見照之，留影其中。因搨以紙，纖毫畢現。用以照人，較之畫工，尤為神妙。光緒十五年季冬朔日，余屬照之像，因系以詩。

西洋賦天巧，象物靡不肖。粵人得其術，阿堵傳神妙。顧余麋鹿姿，亦使寫厥照。頃刻成之圖，神完顏轉少。雖非持釣叟，烟雨霾七竅。敢比新豐客，鷹肩火色耀。吾患吾有身，松栢纏蘿蔦。況欲分此身，如火傳於爝。爪跡印飛鴻，流光煽熠耀。無乃愚其愚，焉能料所料。因此形影忘，兀坐成獨笑。

蒼墨贈蘇少山騎尉並綴以詩

松煙香凝古隃麋，能書能畫皆宜之。老我眼昏不作字，與君濃染蒼松枝。君是龍眠李伯時，水墨□【淡】雅生幽姿。又如長康顧虎癡，通靈妙墨痕淋灕。紫霄峰高割兩岫，只借數日研磨資。願君勿嫌此墨少，曾濡彩筆鋪彤墀。年來藏棄久無用，祇寫候鳥秋蟲詩。龍賓拂鬱欲我辭，故遣從君伴畫師。君家畫學家學貽，墨蘭長卷珍葳蕤（君祖麗川善畫蘭，載厦志）。君繩厥武出新意，腕下時有春風吹。東城我所愛，但恐不足為君奇。會看圖畫麒麟閣，一品元王袍笏持。

正月初四夜小集陳穆齋家賦呈同席諸君

中歲尠歡趣，新年生古愁。欲遣百慮散，置酒邀朋儔。惟時月生明，雨霽雲未收。高齋隱嘉樹，秉燭良可遊。投壺間雅歌，棋局錯觥籌。調琴理清曲，音古聽愈幽。嗟我同社友，青鬢霜半稠。非無汲汲志，忽忽常懷憂。良宵亦易逝，勿使更漏遒。

秋懷〔六首〕

秋風撼庭樹，落葉飛滿階。蕭條寒氣至，悽惻難為懷。百物失故態，吾生安有涯。凌晨攬明鏡，華髮生根荄。年衰遇鮮愜，俗異時寡諧。出門强歡笑，乃類優與俳。惟應守寂寞，息影窮山齋。

農家憫飢苦，秋深禾稼熟。惟士獨無田，耕耨在簡牘。鹵莽或報余，稗稊溷嘉穀。以此護良田，播種辨種稑。閑餘課蠶桑，繼之以畜牧。常恐崦嵫景，白日匿昧谷。歲晏多風霜，御冬無旨蓄。

星河掛屋角，缺月飛簷端。披衣起中夜，坐念時所患。北方困水潦，平野勢瀰漫。南方苦疾疫，戶口多凋殘。民窮慮易變，撫綏良獨難。况當秋日冽，到處風酸寒。憂時策不立，飽食愧儒冠。

鷹隼乘狂颷，攫糼原猛鷙。燕雀爭高飛，相習不相避。獨有號寒出，哀鳴口舌瘁。鵷雛戀腐鼠，必觸鴟鳶忌。翠羽巢珍木，文采亦為累。如何藩籬鷃，飛時側搶地。鸒鳩笑大鵬，可悟齊物意。

籬下黄花菊，微霜遽隕之。顔色雖憔瘁，傲性終不移。餐英聞在昔，僻嗜惟湘纍。世無彭澤宰，誰知采幽姿。晚節自開落，一任凉風吹。

晨起拂窗塵，思將舊書理。墜緒杳茫茫，搜尋從何始。觸手啓陳篋，真心聊無揣。青春亦易頹，况逼秋日駛。所冀宵漏遲，焚膏可繼晷。秉燭續晝遊，所見良不似。古人補蹉跎，恐或非若此。

茉莉詞

博山香燼餘灰冷，夜抱銀瓶汲玉井。澆花記取花滿叢，氣味濃酣蘭麝永。美人試把花鈿整，細簇螺鬟堆鬢影。夢迴斗帳醉初醒，坐倚薰籠心自警。被花惱殺亦可為，起舞閒庭秋月炯。

素馨詞

凄迷香霧雲鬟濕，玉燕釵頭宵露浥。羃羃羅羅千朵花，竹絲貫就葳蕤粒。美人擁髻悽然泣，却背屏風特地立。晶簾寫影月娟娟，冰簟留痕風習習。書幃孤客暗無燈，欲采餘馨研墨汁。

庭樹

庭樹不知暑，團團生綠陰。偶爾一蟬集，遂為秋氣吟。物候有時易，澄觀無古今。吾生本隨化，何必難為心。

觀西洋影戲

一重薄幔隔油蘇，幻出圓光乍有無。蜃氣樓臺原渺渺，曇花世界只須臾。直從泡影參塵夢，豈必真形在畫圖。物態浮雲看變滅，漫疑仙鬼到西湖。

夜集吳樓聽客彈箏

延凌主人能好客，夜坐賓朋常滿席。月華撥水上樓檐，有客彈箏和板拍。初調綠水粉紅蓮，百頃平湖淡欲煙。繼作將軍得勝令，沙場萬里烽煙淨。終為出塞怨明妃，大漠孤臺雪霰飛。斜行飛雁十三柱，變調幽音不知數。忽焉掩抑忽騫騰，指下啁嘈雜風雨。我聞此樂本秦聲，楚歌趙曲假之鳴。促節祇諧時俗耳，繁音未厭古人情。法曲飄零知者少，況覓蕤賓窮忽杪。祇應銀甲勸娉婷，莫遣金絲歌窈窕。大雅元音久不揚，息心靜體神為傷。

紅葉詞為吳菊農七姬作

姬名紅葉，從幼侍菊儂【農】，同侍者八人，獨姬循分，得大婦意。菊農病，調護甚勤，歿遂請於大婦，仰藥殉焉。鷺門同社友皆弔以詩。余綴斯詞云。

冬日凄凄百卉腓，寒山霜葉轉芳菲。飄茵墜溷不自惜，祇似飛花飛處飛。石家七尺珊瑚樹，如意敲來朝復暮。最憐金谷鶯啼時，竟是玉樓人墜處。昔日辭根託遠枝，紅嫣紫姹鬥春思。流鶯競繞芳林囀，乳燕爭從繡幕窺。豈知韶景難長駐，鶯燕啁啾殘月曙。錦叢淚染杜鵑啼，香塢魂銷蝴蝶去。零星數點血痕丹，誰抱冬心耐早寒。蕭蕭浥露依銀井，黯黯隨風殞畫欄。風號露咽喬柯折，一葉琤然聲似鐵。非關砧杵苦相催，定為亭皋怨長別。歲暮冰霜感不禁，微聞落葉更傷心。古來樂府哀蟬曲，多屬離鸞別鵠音。

題林蒼翹先生遺照〔二首〕

彈指卌年事，先生已古人。徵文感知己，展卷倍傷神。明月梅花影，秋風浯水濱。藏楹書幾許，長嘯落梁塵。

家世傳芝硯（君先世忠諫公勃魏閹硯生芝草），文章擅色絲。名場覲一第，盛業傳諸兒。華頂雲常宿，江頭鶴苦飢。祇應元亮菊，能寫舊容姿。

鵲噪

乾鵲朝來噪，無端攪靜眠。朦朧翻旭日，唶唶破炊煙。客遠期難至，官微夢未遷。幽居何可喜，勞爾報簷前。

石龍屏歌

醫者林生，得石屏一方，磨之石理成二龍，麟鬣頭角畢肖，雲氣蓊然，波濤汨𩃎，有逾畫工。乞余作長句識之。

空青一片磨作屏，中涵雲氣藏龍形。東雲出麟西露爪，森然頭角生滄溟。一龍飛騰上雲際，一龍躍起波如霆。兩龍蜿蜒相噴薄，口流殘沫聞猶腥。欲使雕鐫出人力，雖有匠巧難為型。乃知造物逞奇怪，此石偶爾傳其靈。我聞神龍變化不可測，偃伏泥滓升蒼冥。僧繇畫壁倏忽去，况墨未點眼如星。會有風雷生牖下，用作霖雨敷天庭。

春日感事〔十首〕

乙未清明節。

扶桑海島沸鯨波，竟入三韓八道河。馬援無人能聚米，魯陽何日肯揮戈。藩籬自撤常如此，畿輔頻驚可若何。誰為天家司節鉞，羽書還報凱旋歌。

牙山北道走韓京，曾宿貔貅護遠城。豈意背嵬方據險，不知奪隘已分兵。五千貂錦如雲散，十萬狼機盡水傾。從此東藩游牧地，飄揚無復漢旗旌。

仁川一水達全州，設險由來重下游。鐵鎖沈江隨筏去，樓船橫海逐萍浮。猶煩遠使修周貢，無解降王繫楚囚。為語倭奴休幸勝，敷天左袒盡同仇。

風濤倏起大東灣，漕轉軍儲適未還。幾縷飛煙番舶至，重圍縱火陣圖圈。驚雷拂水魚先避，頑鐵沈沙甲尚擐。底事北洋稱勁旅，不為敵克即師班。

鳳凰城接九連城，北有天山可駐兵。告敗師留三日穀，先奔將拔五原營。伏波馬革尸方裹，驃騎祁連塚不成。遼瀋迤南瀕海處，千村萬落任橫行。

旅順嚴疆震泰西，封關詎止藉丸泥。孰教間道懷荊璧，無那潛師渡水犀。險嶺不籌羸卒守，寶山遂恣羯奴攜。廿年教訓成何用，惱殺孤忠金日磾。

統率雄兵護瀋陽，廣平鐵石表心腸。臨邊城郭甘淪棄，薄暮冰霜苦備嘗。塞外健兒爭殺敵，山東悍賊解勤王。幽燕自是資屏蔽，不使胡塵亂簸揚。

盡收鐵艦入東隅，威海依然拱上都。避道以旗終必敗，藏舟於壑負能趨。李陵矢竭思降虜，趙信軍亡懼受誅。下瀨戈船皆委敵，神京惟仗陸兵扶。

澎湖州島扼全臺，遙瞰夷氛驀地來。能挫凶鋒銷烈燄，難吹暖律轉寒灰。魚鹽利尚乘風逐，猿鶴群隨返照回。咫尺安平南北港，持危深望濟時才。

生是閩南積感民，憂時無計靖煙塵。厲階誰使今為梗，浩劫非緣帝不仁。久已冥心歸造化，亟應壓【厭】亂出奇人。江城盡日傳烽火，愁對鶯花過暮春。

義婦井

義婦徐氏，浙之德清人也。為其同邑黄文孫妻。文孫官閩，司厦門保甲局，居鼓浪嶼。廨旁有井，文孫病殁，徐氏投井以殉。觀察長白奎公蓋以石，題曰義婦井。

梅花作片飄幽井，井底泉寒照清影。石欄深鎖不忍開，為有香魂沈月冷。浙東義婦井旁居，青絲汲斷轆轤虚。千里宦遊携令女，一朝渴病臥相如。微軀拚向冰臺濯，妾心自清井水濁。弱質如雲浮復沈，井水自淺妾心深。波瀾不起心常許，地下相逢定相語。郎今别妾曾幾時，歸來同目督井所。

為陳述堂題梅花帳額〔二首〕

生平官迹偏東南，燕寢香凝旅夢酣。歸把梅花摹紙帳，故山官舍似僧菴。

晴窗暖閣浄無塵，豔雪香中寄此身。倚枕夢回江北路，三年管領太湖春。

迂儒

六籍深如海，迂儒測以蠡。窗前飛野馬，甕底舞醯雞。行路蹉【嗟】荆棘，談兵怯鼓鼙。誰為王景略，被褐見征西。

乙未春杪倭寇未平同邑王茂才以深柳讀書堂小照索題而作

瀕海烟塵苦莫支，君能獨寫眘虚詩。驚波不入青溪水，狂颷難搖楊柳絲。自古平邊原有策，伊誰出計竟無奇。干戈未援遺經在，聊把丹鉛課好兒。

丙申除夕

百歲光陰能有幾，況過五十有三年。蹉跎久不償詩債，酩酊今惟付酒錢。北向雁飛經鎩羽，南來魚躍轉潛淵。風塵澒洞人垂老，除夕裁詩只自憐。

天茫茫送沈種玉

種玉名藍田，臺灣雞籠山（山形似之，後改基隆）。法蘭西來侵，集鄉兵禦之，殺傷甚衆。後官軍退守大稻埕，家為所燬。及日本竊全臺，復殪其酋長，倭人恨之，重燬其家。歲乙未避地鷺門，與余友黃商巖善，坐談述其事。有感而作。

天茫茫，海湯湯，與君酌酒談滄桑。君言少壯學儒術，洊經兵亂親戎行。臺灣孤懸閩海外，十年兩鬥豺與狼。前者攫繝後吞噬，孰駕麒麟跨鳳凰。君家雞籠當要衝，覆巢毀卵憂偕亡。招手鄉民據山峽，隱伏機弩驅牂羊。□【貳】負橫屍偏林麓，刑天縮首逃且藏。夷人積憤重報復，里門再及池魚殃。轉徙流離誓不悔，祇恨天戈無復揚。嗟哉！君且悲勿傷，自古成敗非有常。君不見，匈奴南襲漢，回訖內侵唐，至今率土仍歸王。臺民豈少如倉葛，青眼高歌望沈郎。

和陳劍門潞河舟次作（二首）

津橋風雪撲征驂，每望京華依斗南。萬里金門將獻賦，孤舟樽酒且深談。平邊策豈無王樸，破虜軍誰似耿弇。回首潞河停棹日，與君前後試吳鹽。

東溟駭浪倏飛鯨，水驛山郵漸變更。轉漕劃船屯衛石，風輪鐵軌達皇城。鶯花三月愁為客，草木終年苦備兵。擊楫中流吾老矣，先鞭欲着讓君行。

奉贈太僕時甫

侍從當年選逸才，紫薇華省近三台。使星駐節臨桑梓，卿月流光被草萊。世業洊經滄海變，宦情淡逐嶺雲回。屬車奉駕誰徵引，翹首黄金夕陽臺。

題吴梅臣先生《繪秋樓集》

鷺江水繞萬花樓，獨采芙蓉繪素秋。香草美人多别恨，幽蘭公子本離憂。韶華旖旎歸文藻，情緒纏綿憶舊遊。自是玉臺新詠體，風流占斷小杭州。

梧桐

梧桐生空山，孤高幾百尺。濃陰十畝間，泉石涵漾碧。移植華屋前，地殊土性易。劀雉厥梤芽，冀復萌早坼。當春發華姿，留蔭君子宅。誰知性既違，殊非情所適。枯槁摧為薪，根株並芟柞。當其移植時，珍重如拱璧。護之以雕欄，溉之以雲液。葉有公鳳巢，枝有棲鸞迹。一朝委塵埃，曾不堪顧惜。所以琴瑟材，託根慎所擇。苟非依高岡，亦宜近靜室。幸勿入朱門，中道遭棄擲。

厦門有警避居白石堡

林太僕宅。

避地梁鴻詠五噫，伯通廡下暫棲遲。疏林落葉移家處，濁浪排空渡海時。北望妖星躔析木，東升羿日落咸池。愁看白鷺洲前水，鳧雁紛飛未有涯。

讀王莽傳

誰將金策證嘉祥，銅匱平分兩檢張。枉說巨君貪瑞應，獻書人竟號哀章。

山齋早起

滿潭寒冰浸紅霞，遠樹微聞鳥雀譁。萬頃平疇開曉色，一輪初日上窗紗。

自笑

自笑三生杜牧之，牢愁拚得換新詩。罪言未必堪時用，癖好惟應與古宜。懷抱自來何處展，亂離經後彌增疑。溪山靜處聊安硯，微尚平居有所思。

秋日感懷（四首）

宜把秋風當甲兵，東南半壁强要盟。和戎魏絳非無策，繫【擊】越終軍未請纓。欲使海疆還揖讓，竟教畿輔任紛爭。安邊異日論功過，青史模糊未易明。

孰教翠輦暫西遊，此錯何能鑄六州。誤信天師尊左道，竟令王母遍行籌。千軍組練輕相試，萬戶瘡痍病曷瘳。群詡忠良殉社稷，問誰能解至尊憂。

羶臊羊犬滿京都，爰翅中華雜五胡。內府金繒輸毳幕，層霄宮闕化烟蕪。但聞抗疏誅三士（袁昶許景澄徐用儀），幾見當關仗一夫。從此藩籬應盡撤，有人還念補牢無。

燕山形勢勝關中，三輔遙環鎮亦雄。為召西戎侵近邑，誰聞方叔奏膚功。擁兵坐視金甌缺，扈蹕行隨玉輦通。惟有滇池名將在，勤王屢疏表孤忠。

題徐乃秋觀察《香雪巢詩鈔》（二首）

白雲樓客白雲篇，曾詠霓裳集眾仙。燕市悲歌原慷慨，江南風景致纏綿。笙聞鳳嶺吹臺月，劍訪龍津古冶烟。自紀行程兼治譜，朗吟應付好詩傳。

永嘉東渡江山秀，天寶西巡李杜豪。自古窮愁惟著述，幾人宦達尚風騷。公身前世修明月，詩筆當場挾怒濤。使我披吟香雪裏，梅花品格本清高。

和作〔二首〕 徐察觀【觀察】

偶將歲月遣詩篇，兩字頭銜愧散仙。顧我逢時多鑿枘，愛君摛藻最芊綿。徑橫高密窗前草，茶熟樊川榻畔烟。一片青氈天位置，儒林文苑總堪傳。

當筵話到宣南事，無復詩豪更酒豪。故國河山詞客淚，天涯蘭芷楚臣騷。空令精衛寃含石，且喜鯨魚息怒濤。大好鷺江文獻訪，才名班馬本同高。

疊前韻奉答徐觀察和章即以送行〔二首〕

自媿才非寶劍篇，幸逢丹訣度天仙。凌雲筆健能扛鼎，寒谷春回勝着綿。閩嶠待沾鴻羽澤，瀛寰初散蜃樓烟。乘時郇召方敷化，芃雨甘棠到處傳。

謝公此去難為別，臨汝清吟興不豪。叢桂永懷扶大雅，畹蘭聊擬反離騷。況當晚歲鄰冰雪，常恐狂飆致海濤。砥柱迴【迴】瀾誰作手，起衰群仰斗山高。

訪梅

為愛孤芳共歲寒，不辭風雪訪林巒。即今庾嶺看花遠，信昔商岩得相難。困汝和羹調鼎鼐，憑誰吹笛倚欄干。相逢月落參橫際，笑指冬心一點丹。

和王桂庭《憶燒鴨》

昨聞君吟憶燒鴨，使我每飯懷帝京。京師軟紅塵十丈，曾與君共蹋春明。惟時禮闈遲儆棘，排日遊讌陪群英。煎熬燔炙恣嚼噉，就中鼎臠逾侯鯖。邇來索居厭藜藿，迴想風味饞涎傾。去年天狗忽墜地，燕市屠劊鮮血赬。我皇八月西巡狩，大庖不備屬軍行。麥飯蕪蔞亭下進，豆粥滹沱河畔呈。後宮侍臣時扈蹕，山川跋履飢腸鳴。況聞秦中苦饑饉，幸得半菽如瑤瓊。哀鴻隨經勞來集，鋌鹿終虞走險驚。迂儒憂時無良策，飽食已愧東方生。奚敢重做華胥夢，思炙天鵝噬雉羹。聞君作詩以自砭，我亦饕餮非忘情。

觀燕客所得書畫慨然有作並序

辛丑季冬，閩商有自天津來者，得書畫數軸。余甚珍秘，向假觀，有聖祖仁皇帝御書、元鮮于樞草書、明唐寅仇英所畫《赤壁前後遊圖》、董其昌書《漢公孫宏傳贊》《王粲《登樓賦》》，皆長卷裝池，琳琅滿目。云購諸洋人，蓋去歲拳匪倡亂，外國聯軍入都所攘者。諸卷或藏自內府，或出諸舊家，皆稀世之珍。展卷愴然，不勝感喟。然亦一眼福也，因此作詩。

胡塵四合窺京邑，爭向石渠問寶笈（《赤壁圖》有『石渠寶笈』圖章）。零縑斷素散人間，妙蹟無人解搜拾。津門有客能好奇，重價購得裝潢之。中有仁皇宸翰在，奎章煥發光陸離。正冠肅容謹再拜，奚敢仰視天日姿。又有元臣伯幾父，書如驚蛇草中舞。況復前朝唐與仇，畫成赤壁前後遊。上嵌古稀天子璽，曾經純廟精鑒留（圖有『古稀天子御寶』璽，又有『三希堂精鑒』）。傳觀至此已歎息，更觀香光神品墨。仲宣賦寫孤客心，公孫贊列諸臣力。苟能器使任群材，何猶亂離望鄉國。我思康熙乾隆間，四夷賓服參朝班。王母繪呈圖益地，詞臣醉草書嚇蠻。天下圖書歸一統，牙籤玉軸堆如山。何當重收入內府，時共御覽怡天顏。

題王桂庭《小蘭雪堂詩集》（二首）

墨瀋淋灕筆似椽，併傳身世入詩篇。風情淡□【後】香山老，天籟鳴時玉局仙。數見兵戈愁末劫，每聞絲竹感中年。瓣香遙接陶彭澤，自異西崑待注箋。

南陳北薛闢蠶叢，海島文章上國通。代有詞人留逸藻，時無哲匠振宗風。獨攄胸臆成佳句，不假鐫鑱累化工。好付名山藏副業【墨】，壯夫應不悔雕蟲。

紀厦門大火災

光緒二十八年秋，九月月【二】日天鬱攸。厦門通衢三里許，市廛均被祝融收。初時星星火上屋，勢未燎原猶可撲。誰為坐視使之然，遂至飛揚難制服。福懷和鳳十三街（厦門巨賈聚福山懷德和鳳三保，俗謂十三保），喧闐百貨多生涯。自辰至亥八十刻，煙銷霧捲塵埃埋。其時官民覓綆缶，撤瓦塗屋狂奔走。水龍如飛動地來，倒灌江河入戶牖。迴飇助虐氣愈驕，紛馳肆竄揚鑾驪。珠玉錦繡香茶酒，終為灰燼焦土焦。我思古人修火政，春冬出納先頒令。鄭不禳火人不疑，宋不戒火民不病。況兹頻年苦旱乾，望衡對宇同蘇蘭。曲突徙薪苟無術，壁牆成赬楹成丹。劉昆反風未易遇，廉范儲水誠堪慕。罷稅間架備屋材，免取市廛輸攸布。休養滋息待十年，庶幾厦民仍富庶。

殘菊枯荷兩詠效揚【楊】誠齋體〔二首〕

靜寄東籬閱歲芳，那堪秋已過重陽。經霜未損深黃色，映月猶浮闇淡香。聊共寒花爭晚節，不隨凡卉鬥新粧。淵明去後誰知己，憔悴西風只自傷。

滿渚枯萍貼濕泥，高荷萎折水東西。風來曾送清香遠，雨過難尋翠蓋低。擬託微波過洛水，誰搴芳訊到濂溪。美人遲暮紅粧褪，瘦影跉跰夕照迷。

苦熱

炎帝秉炬臨神洲，祝融受命登高邱。遠召羲和鞭紫虯，赤雲飛與朱鳳斿。來從北陸行未休，絳宮玉女冰雪柔。六銖衣薄香汗流，瓊臺璇室高且幽。如坐深甑蒸浮浮，大塊噫氣皆鬱攸。瑤池懸圃不可求，安得少昊廻清秋。一解雲漢蘊隆憂。

食苦瓜

兀坐對盤飧，苦熱厭腥腐。獨愛有敦瓜，非為夏多苦。潤之以稀膏，濟之以卬蒟。其味乃益腴，勝啖茅根脯。譬如當熊丸，精神頓軒舞。又如飲冰蘖，勵操禦外侮。食蓼既云甘，茹荼亦不吐。嗜好與俗殊，酸鹹了無取。

古意

相憶愁相見，相見愁易別。兎絲與蔦蘿，纏綿無斷絕。

題葉墨林小照

塵世豪遊屬少年，如君風致更翩翩。聽鸝柳陌春携酒，盤馬松崖遠着鞭。戴笠尋詩殘雪後，行厨試茗落花前。好將逸品留圖畫，不羨人間有謫仙。

和綠天舊主蕉葉詞〔二首〕

碧紗窗前雨瀟瀟，雙綰丁香束楚腰。冷燭無煙春夢醒，垂簾相對可憐宵。

閒倚欄干媚夕陽，一團綠玉暖生香。芳心密卷無人覺，暗與東風訴短長。

效李義山無題二首

衡陽錦字冠秦州，獨寄西風十二樓。緱嶺銀笙吹夜月，瀟湘靈瑟鼓春流。天花祇向瑤臺落，紅葉難隨御水浮。帳【悵】望崑崙瓊玉闕，蓬山弱水路悠悠。

銀河秋水隔東西，織女機絲望轉迷。那有秦臺飛彩鳳，空聞牛渚照靈犀。楊枝詩句愁中得，桃葉歌詞醉後題。畢竟清狂了無益，傷心白石與青溪。

贈友人納寵〔七首〕

一瓢流出水痕香，信步尋春遇石梁。不是天台仙路近，桃花本自屬劉郎。

鐵網沈理有幾時，蛟宮深邃少人知。最難碧海驅鯨手，撐出珊瑚第一枝。

篔簹春水漲三篙，照見芙蓉出綠波。莫揭艙簾看山色，遠山橫翠遜雙蛾。

生小腰支劇可憐，恰逢却扇嫩晴天。畫眉鏡下應愁絕，郎夢生花筆似椽。

耿耿宵星伴月俱，閨中同唱鳳將雛。料知更得夫人寵，親解明璫繫繡襦。

阿閣三重舊鳳窠，織將錦字唱迴波。休聽渡口桃根曲，忘却秋風紈扇歌。

涉江準擬采芙蓉，奪得名花壓衆芳。不待秋光滿蟾窟，夜來已染桂枝香。

題林迺卿司馬遺照（並序）〔二首〕

林軍少卿，吾通家好也。歲甲戌，以其尊甫迺卿司馬遺像索題，曰：此先君遺像，像其少，老而不能像也，願得一言以章之。余謝不敏者再，既而不獲辭，乃爲綴二律以歸之。憶余始教，即館其家。時司馬年已五十餘矣，白皙微髯，見之者稱為長者。其從季良弼茂才，與余交特厚。此像懸其讀書室中，過從時指而問之，始知為司馬，蓋其時已有衰壯之異矣。未幾，良弼溘逝，余亦移硯他所。迄於今，而司馬棄世又二年矣。嗟乎！余年三十耳，指屈舊遊，彫謝殆半，重展斯圖，不無人琴之感。少卿見之，亦當慨然也。

池亭花木境虛清，中有幽人寄遠情。豈意馮唐稱易老，乃如張緒憶前生。飄飄雪影飛鴻跡，落落琴聲大蟹行（圖作眠琴涼陰景）。漫把丹青重省識，流光似水思縱橫。

弱冠終軍欲棄繻，當年曾共子雲居。乍驚遺貌非生貌，敢信今吾是故吾。人世不堪思往事，舊遊强半已分途。黄公爐畔山陽笛，今日傷心到畫圖。

登玉砂坡礮臺觀海（二首）

鐵笛吹殘海若驚，登臺有客托豪情。雲浮諸島歸懷袖，地轉廻流繞斗城。銅礮猶存都督字，銀濤還作鼓鼙聲。即今澤國鯨波息，極目平沙草未生。

對此茫茫百感俱，扶桑東望入虛無。島夷琛賮誰徵貢，闗隴軍儲此轉輸。航海有人通黑刹，乘槎無計訪黄姑。閩南鎖鑰茲稱最，憑仗雄才展壯圖。

蘇笑三畫梅歌贈楊郁山

笑三畫梅得奇逸，老幹新枝相屈詰。嫩蕊忽作媚春姿，宛爾香風吹滿室。君家名畫富收藏，卷軸奚啻千縹緗。獨為梅花數寫照，得無品格可相方。我思逋仙性兀傲，積雪堅冰不能挫。轉於霜裏吐鮮花，水驛山亭紛婑媠。幽姿留作畫圖看，猶是冬心耐歲寒。琴几湘簾時靜對，羅浮仙夢勝邯鄲。憶昔故人去隴首，紙帳梅花相伴久（陳穆齋太守奉檄甘肅，攜梅花帳自隨，諸知交皆有題詠）。倘逢驛使寄郵筒，再補新詩書幀後。

白牡丹詞寄潤堂（四首）

玉環容貌擅豐肌，爭及同時虢國姨。不御鉛華呈皓質，却嫌脂粉污清姿。風廻舞影飄瓊珮，露濯衣香潤玉墀。調奏清平太詞費，枉誇穠豔一枝枝。

華曼會上證前因，別樣丰姿出世塵。不惹人天空色相，每從水月見精神。維摩室小雲常暖，長老園幽雪自春。憶向旃檀香界裏，皈依先禮白衣人（舊時齋中花開，先以供佛）。

（以下二首原稿以朱筆鈎去，現仍抄存之）

不隨群卉鬥繁華，魏紫姚黃且漫誇。富貴如斯誠若素，色香俱絕轉無加。習池帽表高人節，鄴下衣傳宰相家。寄語洛陽花下客，莫同俗豔共咨嗟。

春風吹夢到層城，幻作梨雲不識名。障袂皎姬萍欲語，當門雪獮悄無聲。玉盤有露朝常泣，銀燭無烟夜更清。擬當將離來贈別，不須團絮始關情（潤翁春杪將還山左故及之）。

吳贊府綸堂以畫水仙花帳額索題率應之（二首）

解珮曾聞說漢濱，凌波更賦洛川神。水雲鄉裏遊仙夢，總覺迷離記不真。

湘烟縹緲接湘波，帝子揚靈意若何。君是前身蘭渚客，搴幃擬續楚騷歌。

題陳經庭感舊圖並述其意（四首）

海燕飛辭玳瑁梁，不堪重上鬱金堂。癡心猶作遊仙夢，擬駕白雲到帝鄉。

斑竹分明有淚痕，携來錦瑟費思論。莫吹別鶴離鸞曲，恐未成聲已斷魂。
青鸞信息杳難尋，徒向層臺寄此心。未識瑤池朝會後，可能重奏八琅音。
且付深情與畫圖，珮環縹緲入虛無。憑誰料理文園渴，再鼓求凰調不殊。

寄王伯倫同年

兑得餘杭酒百壺，漫從燕市訪屠沽。飲醪我欲交公瑾，罵座人嫌近灌夫。花鳥有情添畫債，江山無賴負詩逋。山齋寂歷如相訪，煩寫春簷細雨圖。

倒疊鷗館主人韻

越王臺上試披襟，未遇成連且鼓琴。芳草易迷經過迹，名花能繫倦遊心。枇杷門巷曾經訪，楊柳樓臺莫漫尋。輸與羅浮仙蝶穩，啾啁翠羽日初沈。

哭李茂才子健〔三首〕

子健名維貞，李提軍增階文孫，余少時同學友也。美丰儀，能書畫，補博士弟子員，蹭蹬名場，以訓蒙老。壬寅正月四日訪之，已委化在殯矣。追維昔歎，不覺涕之何從，詩以哭之。

頻年契濶日懷思，每趁春風話別離。豈意款門重過訪，竟逢厭世已長辭。知君抱病從何日，別我論文有幾時。同學至今誰健在，更無人可訂交期。

貧賤之交老倍真，白頭意氣尚如新。九泉誰復為知己，百歲何從覓故人。此日蓋棺成永訣，當年同硯共相親。追尋昔歎翻疑夢，欲續前緣已隔塵。

每談書畫遺閒緣，玉立亭亭憶綺年。花甲已週非不壽，塵根未淨那堪仙。何如共住人間世，奚必先生忉利天。地下若聞吟調苦，也應回首一悽然。

永春李俊承
海澄江　煦
校刊

跋

戊戌之秋，余刊《閩四家詩》矣。李丈繡伊寓書余曰：『君刊《閩四家詩》，然猶有鄉先生呂默菴、李正華、黃幼垣、施健菴輩遺集，大有可刊者。盍續刊之，庶免其湮沒，何幸如之？』余曰諾，遂擬刊《閩十家詩》。既而自惴窮措，大非古人汲古閣毛子晉之多金，又非近人菽莊主人林爾嘉之好古，何能致此？無已，將久藏行篋之善本書籍、書畫碑帖、金石墨硯粥之，則可付諸梓也。於是謀之星洲李丈俊承，得書曰『先生扢揚風雅，擬刊《閩十家詩》以廣流傳，增光梓桑，欽佩無量，謹薄助印費二百金』云云。復有友人曰：『君之秋柯草堂李潤堂將軍（鴉片戰禦英軍兩浙軍門）端硯沽之李光前，而歸贈厦門博物館，俾鄉人得摩挲先賢手澤。可浼莊丕唐君與李君，友善言之，必易為功。』庚子秋，余貽書莊君。復云：『先生表揚風雅，欲將寶藏古物易刊十家詩，至為欽佩。我來星五十年，從未見勇於為善如先生者。惟光前原籍南安，非同安鄉人也。然物珍非實用，價重難以沽。』余乃復謀諸菲律賓蘇警予君，慨為吹噓，粥諸書硯。余以書硯已有鬻，雖不足刊十家詩，亦須先選默菴等集刊印。既付梓人，即以印資少、刊書多、缺字夥、雕費繁，有如昔者在厦刊《頑石山房筆記》然，梓人不願竭力，迭延擱，歷盡春夏秋冬。余冒寒暑，催促校字，奔走僕僕。辛丑仲秋晦日，出門校字，為母狗咬足，十日傷愈。是亦余重然諾，扢揚風雅而捐書硯，勞神傷足，寧無世人笑余不憚煩、自取其咎耶？因濡筆跋之云。

壬寅秋日，海澄江煦

書於嶺南拱北亦風月平分草堂南窗

附錄：呂澂佚詩一首

讀《北征草》有感，謹題卷後

我朝中葉揮天戈，西粵北捻猶窟窩。先生閩闈文戰利，竟渡淛水趨淮河。乘風萬里恣意覽，俯拾瑤草歌長歌。其時皖楚烽煙迫，濱海東南存半壁。綺羅六代永和年，鶯花三月揚州驛。驀然流寇下江來，阻絕關津愁過客。先生橐筆裁蠻箋，征途賦就遠遊編。祖逖渡江饒壯志，陸機入洛正華年（引用集中句）。男兒意氣有如此，滿地干戈行且止。還從水驛覓歸舟，吟情又逐江潮起。詠懷古蹟拼牢愁，抒寫閒情對芳綺。春風吹夢別杭州，詩卷裝成吾行矣。乃知先生為此行，滄浪有曲寄歌聲。衹【祇】向淮陰尋漂母，未遑燕市訪荊卿。留滯江關足可惜，睠懷鄉國不勝情。僕馬馱將詩卷去，重灘疊嶺來時路。滿山荊棘路飛塵，家園暫歇青雲步。時平聊復到春明，扶輪航海衝煙霧。迴看吳越昔年遊，天末浪花遙望處。吁嗟先生誠振奇，每因抑塞成新詩。逸興飛騰好偉麗，高懷淡蕩忘寒饑。臺澎逆旅有述作，豈惟避亂當流離。同時前輩盛風雅，偕行酬答瓊瑤詞。至今兵燹飄零後，幸有先生是吾師。長留此卷待來者，一方文獻徵於斯。

昨讀大著《北征草》有感，謹題卷後，即呈卓人先生吟壇郢正。

世愚姪呂澂首拜稿

錄自林豪著、林策勳輯刊《誦清堂詩集》，卷端《題詞》第一至二頁，菲律賓：宿務大眾印書館一九五七年版。

附錄四種

本書附録四種，前二種李正華《問雲山房詩選》、施乾《健菴詩選》，與本書之『外一種』呂澂《默菴詩選》同一來源，均録自江煦、李俊承輯編《閩三家詩》，香港一九六二年版；後二種許珪封《許徵君詩鈔》、林爾嘉《頑石山房焚餘稿》，録自江煦輯編《閩四家詩》，澳門一九五八年版。其中《問雲山房詩選》與『同文書庫・厦門文獻系列』第一輯李禧《夢梅花館詩鈔》卷首所附李正華《問雲山房詩存》，《頑石山房焚餘稿》與『同文書庫・厦門文獻系列』第一輯林爾嘉《林菽莊先生詩稿》，大多重複，但也存有少數佚詩，且二種版本文字頗有差異，可作互勘。

《閩四家詩》尚有蘇逸雲《臥雲樓詩存》和李禧《香海集》二種，前者已影印收入『同文書庫・厦門文獻系列』第三輯蘇逸雲《臥雲樓雜著》之附録《蘇逸雲詩文輯補》，後者已輯佚補入『同文書庫・厦門文獻系列』第一輯李禧《夢梅花館詩鈔》之附録《李禧先生佚詩輯補》，不再收録。

附録四種均按底本原樣録入，加標點，個別明顯手民之誤徑改不注。

洪峻峰識

二〇一九年十二月

附錄一

問雲山房詩選

李正華

李正華，字望之，厦門人，清光緒間拔貢生，紫陽書院山長。

惜花詞

芳菲平視許朝朝，對此能令意也消。花影似知人愛惜，耐寒耐冷度春宵。

搴帷睡起報新晴，鈴索丁東聽有聲。莫遣先時便零落，令人怪汝不多情。

好花總亦當人看，駐景神方檢較難。一事至今知負汝，不曾沉醉倚闌干。

送薛岵亭夫子

一塵不染想襟期，獨坐冰廳積牘披。循吏自應看史筆，經生兼喜得良師。雄文家世能扛鼎，遺墨流傳欲繡絲。纔恨來遲更去速，私心遠望返幨帷。

秋海棠

最輕盈處最風流，不買燕支只買愁。伴卻黄昏應有恨，生憎薄命總宜秋。綠陰恰是新晴護，紅雨仍教好夢留。似怨美人遲暮意，等閒相見亦低頭。

青霞白石幾安排，冷豔悠然付小齋。自覺多情迴夕照，終憐無語惜天涯。神仙隊裡思花骨，風雨樓頭寄遠懷。試問捲簾依舊否，招魂永夜向空階。

小紅狼藉褪殘粧，秋雨秋風總斷腸。空谷自憐傾國色，仙家難覓返魂香。休誇羅綺新增態，只合溫柔老此鄉。人面何如花面好，有人惆悵對斜陽。

芳情脈脈却無言，珍重名花靜掩門。一點檀心秋共訴，三分弱態醉留痕。多情似染湘妃淚，顧影偏離倩女魂。莫怪西風太輕薄，望夫石畔許移根。

秋懷十首（錄三首）

詎有分陰惜，堂堂白日馳。工愁兼善怨，嘆老更嗟卑。一笑猶如此，千秋不可知。幾回搔首問，何處證心期。

壯志銷磨盡，秋蟲號可憐。怨悱宜小雅，哀樂感中年。濁酒還堪醉，冷灰詎不然。隨人仍作計，勉矣祖生鞭。

幾度歡場過，無情又有情。牆花疑漏影，山鳥自呼名。解珮珠堪贈，彈碁局不平。此生已如此，何必問來生。

題漁樵問答圖

綠沙坡上畫中行，山水何妨各性情。一束薪同一竿竹，相逢共與話生平。

贈雍瑞上人

本係名士，避世為僧。

論文耻作小乘禪，第一義從絕頂傳。聞道珠璣堆滿席，偷閒來頌白雲編。

自笑鈍吟色不空，幾番促我寄詩筒。他時說法生公座，應悟當頭一喝中。

冬日偶成

捲卻疏簾細雨斜，一番景色到山家。園梅蕋放疑留雪，籬菊枝殘尚有花。別具蕭騷饒古趣，不妨冷淡作生涯。荒寒鎮日無人問，詩債仍逋酒債賒。

消寒窗下寫春圖，北地燕支寄買無。何處問天懷李白，每逢岐路泣楊朱。避名直欲鴻高舉，入世任從馬亦呼。私念苦吟能太瘦，一時梅影伴清癯。

讀賡堂師《臺陽》《定陶》二集

論詩曾比論詩難，一例休將紀律干。纔讀東瀛新發軔，知公身可將吟壇（《臺陽集》題簽曰『發軔新吟』）。報功公竟讓人先，屍祝生祠媿昔賢（定陶人為公建立生祠）。異曰循良看史筆，新詩絕勝勒燕然。

題《貞一齋詩》後

家玉洲先生著。

三吳屈指數才華，風雅依然屬我家。記否紅箋抄寫遍，半生佳句付梅花（先生少有梅花詩十首傳誦一時）。

蓬苑風裁格韻存，孕含元氣了無痕。隨園後輩猶知己，不獨義門與匠門。

喜雲梁師到厦

不見鷺門月，回頭十二霜。舊時多伴侶，小別已滄桑。人喜從天降，情應此地長。一燈文字顧，猶記昔升堂。

滿棹風濤急，來傳海上琴。每當中酒日，能悟小乘心。顧我慚雕木，如公合鑄金。酬恩空有淚，不獨感升沉。

檢詩

檢較名人集，高風幾度攀。飲醇能自醉，情重竟如山。壯士弓偏碩，參軍語不蠻。自憐覆瓿者，儘數待教刪。

賣文

聲律羞傭丐，賣文自傍門。庸生甘自署，餘子敢稱尊。臣朔工諧謔，君旁妙語言。何人能諛墓，鴻爪卻泥痕。

種花

闢得數弓地，呼僮自課花。雅宜居士號（費六祿自號種花居士），恰稱野人家。抱甕當春出，荷鋤對月斜。閒時應索句，高詠手頻叉。

贈曾徽如

四座驚嗟對引毫，上床有客敢稱豪。登筵愧我三年長，同調輸君一曲高。文是江淹揮采筆，交如程普飲醇醪。自憐籬下□聲咽，得着虛懷語總褒。

幾年客路與征蓬，來往飄然一扇風。奇數耻為三刖璧，雄才爭挽六鈞弓。猶思姓字青雲附，幸喜追陪白眼空。車笠論交應記取，有人高臥碧山中。

題三舅氏森箸遺照

移情空自刺舟還，猶是低迷海上山（圖名『山水移情』，用伯牙刺舟典故）。對舅不禁頻憶母，愧無彤管寫慈顏。自憐酷似何無忌，數到知音鐘子期。彈不成聲空一慟，雲床忍憶置琴時。

曉粧四詠（和林際廷之作）

印月奩初啟，依依立鏡前。頹容消瘦甚，爭肯受人憐。（對鏡）

委地綠雲擾，輕粧上小樓。牡丹新樣好，倚檻學梳頭。（梳頭）

曉起粧初罷，低聲喚侍兒。摘花來貼鬢，儂對小斜枝。（插花）

絕代誰能識，鉛華易混真。明知污顏色，恐不動時人。（傅粉）

賀季颺五十雙壽兼喜抱孫

姻門雅誼又師門（季颺予長姑父之弟，幼時曾與同窗），折輩行交夙好敦。大衍圖開東海月，小春曲頌北堂萱。不妨有酒仍謀婦，且善含飴更弄孫。遠引南飛雙鶴舞，鑑湖秋色值開樽。

哭咸蘭峰夫

治郡清河兩弟兄，一身勞瘁為蒼生。相從地下天難問，永作人間事不平。旅櫬誰憐家萬里，冰廳空對月三更。傷心白髮高堂老，忍復慎旃聽哭聲。

兩年課士出公門，說項逢人最感恩。得袴昔曾歌叔度，買絲今定繡平原。自憐白屋身雖賤，為哭青天淚有痕。不染一塵看史筆，他時剪紙待招魂。

有感（四首錄二首）

溷跡名場二十秋，半生碌碌作庸流。敢云凡事能知足，已禁斯人不出頭。長坂路應慚老馬，翟陽買欲傲多牛。惟餘徵逐諸同輩，時或周旋郭泰舟。

如癡如夢睡沉沉，獨自悲歌顧影吟。入望薜蘿長在眼，置身邱壑肯甘心。是非一任妻孥謫，霜雪偏從骨肉侵。我已無能何所望，啣空木石作冤禽。

題榕林別墅

鳳凰臺上老榕枝，前輩風流概可知。隔海遙遮雲外樹，扣門快訪壁中詩。林亭曲折如看畫，筆墨淋漓尚費詞。添得鑑塘秋有色，不妨屐齒印來遲。

扶輪席向此中開，世守青氈大雅才。移得花陰侵檻幕，送將山色到樓臺。無人不為題詩至，笑我曾經問字來（鑑塘先生曾為吾郡學博，余亦列門牆）。絕好江山增勝概，登臨日日記啣杯。

秋聲

蘆花楓葉不勝情，昨夜秋風始作聲。別有蒼茫徵百感，空餘淒切到三更。月催城上千砧響，人倚樓頭一笛橫。賦罷歐陽聞唧唧，助余歎息壁蛩鳴。

秋色

夕陽山外夕陽樓，寫出蒼涼一色秋。紅樹半郵煙欲暝，碧雲滿地水空流。飄零葉下迷樵逕，蕭瑟花開送客舟。借問江南新畫本，吟風人對白蘋洲。

元日試筆

履端初試筆，酒熟又花開。事更從頭起，春真有腳來。癡人原是夢，老我已無才。不信頹唐手，凌寒看折梅。

含笑花

含情無語倚窗紗，買笑誰知又有花。試向鬱金堂外望，嫣然合種莫愁家。

春恨春愁一掃空，石欄干畔對東風。情懷為汝都抛却，再莫樽前賦惱公。

即景

近寒食節雨廉纖，樹色青看草色兼。何處尋春憐杜牧，一番飲酒悔陶潛。遠山影伴斜陽落，新水漲從舊港淹。遙指我家畫障裡，飛飛燕子出茅檐。

許鼎齋小照

浣紗石上日初移，乘興蓮舟下碧漪。位置座中許元度，清風朗月有人思。

圖中高士美人兼，妙手傳神借筆纖。聞道薛瑶英絶世，不知許我作楊炎。

秋懷

生性與秋宜，游心在於淡。呼月入我牖，皎皎如相闞。横琴冥室中，聲誰辨真濫。彈罷空長吟，俛仰聊三嘆。為歡有幾何，一年將過半。光陰真過客，苦留不能暫。

永春李俊承
海澄江　煦
校刊

附錄二

健菴詩選

施乾

施乾，健菴，福建晉江人，清光緒間舉人，厦門暨南局局長。

庚申萩莊詠菊

名園小築擬平泉，寫入清秋景物妍。風雨重陽商後約，茱萸佳會憶前賢。揚華摛藻三秋夢，鑄玉浮金九月天。應是前身彭澤宰，買花何事苦論錢。

搜羅奇種海西東，史譜盧詩迥不同。匝地飄香秋富貴，閑階寫影月玲瓏。詩聯汐社賡同調，賦就江籬媿未工。仔細吟成勞寄語，風騷管領仗群公。

為花寫照與偏狂，簾卷西風暮色涼。省識畫圖非俗豔，新開異譜門群芳。生涯秋士惟工瘦，節概高人晚更香。肇錫嘉名宜隱逸，問誰同此傲新霜。

故應思發在花前，冷逗東籬又一年。杜甫孤舟秋有興，陶公三徑老歸田。詩成詠物人俱淡，座有名花客亦仙。更喜佳兒延壽客，何須到處見酈泉。

海客摛詞賦木華，欲憑險韻鬥尖叉。奪將海外魏姚色，喚作人間富貴花。佳種宜供青玉案，新詩珍護碧籠紗。何當獻頌群仙集，並蒂先開隱士家。

桃夭杏嫁暮秋天，難得花時月又圓。東海園蕪歸亦得，西風鄉思夢曾牽。才華左女偏能頌，眷屬林逋夢若仙。載得秋光壓船重，琴樽異地且流連。

東閣何緣竟得窺，平分秋色喜追隨。狂來插鬢樊川笑，落去餐英楚客悲。老圃姿容標晚節，滿城風雨欲催詩。試從渡月亭前望，恰喜幽花位置宜。

枝頭昨夜降新霜，淡艷幽香益老蒼。瘦盡詩心甘冷淡，秋來花事費平章。樽前北海人延壽，枕入甜鄉夢亦香。水繪名園饒衆卉，天教婪尾殿衆芳。

蔌莊主人四十有八壽詩

生申嶽降匪尋常，祝嘏摛詞又一場。未艾引年春不老，有梧益葉夏方長。籌添兩度增康樂，酒進雙巵更吉祥。屈指六回逢置潤，人生又得幾端陽。

年來三度拜華堂，座有群仙捧玉觴。偶是梅花人亦韵，醉傾蒲盞酒猶香。汾陽多福身能備，德曜相依老更莊。添得蘭孫娛竹祖，何須丹訣駐顏方。

菽莊夢中得句倡和集

吟心寂靜夢魂涼，彩筆干霄夜有光。一例古今雙斷句，催租詩興敗重陽。

無際雲山渾莽蒼，北窗高臥颯風涼。何時天與生花筆，一枕詩成夢亦香。

前身應是居兜率，梁父吟成長抱膝。鼓鼙聲中景物涼，蒼生渴望斯人出。（謂前郤陳競存之聘）

卜居何事問行藏，宏景山中歲月長。為告香山舊吟侶，而今居士號清涼。

雨後風輕入夢涼，長天帆影漾江光。頹然一覺羲皇夢，蟬曳殘聲送夕陽。

樓臺罨畫海山蒼，雨後輕風入夢涼。覓句橋欄閑徙倚，千波亭外浪花香。

嗟予人事多牽率，慚愧斷凫續鶴膝。雨待風輕入夢涼，快睹驚人妙語出。

康節行窩且退藏，渾忘夏日小年長。洞天福地饒清景，雨後輕風入夢涼。

挽江母林太夫人

韓姑當年善相夫，齊眉舉案幾生修。儒門健婦持家日，令伯從今好報劉。

上頭夫婿未雲摶，相對牛衣尚覺寒。分得義漿資涸鮒，婆心略為洗儒酸。

淮陰一飯已千秋，任俠而今屬女流。嬴得孤寒齋下淚，嗟來早識乞兒羞。

隲德天教大厥門，幔亭山下見曾孫。庭階玉樹森森立，瞑目慈萱慰九原。

奉題石谷老伯探梅圖遺照

漫天風雨饒詩思，鎮日尋春事可人。絕似當年矦壯悔，寒香圖裡見精神。

家風處士厭繁華，鶴子焉知有外家。怪底似君便腹笥，一春山舘夢梅花。

奉和繡伊詞兄甲子初度日感賦用黃仲則自壽韻

萬感填胸不自持，未因窮困在工詩。頑身老境偏多健，濁世書聲久恨雌。名士悼亡難破例，詞人失路有誰悲。兩當才調青蓮筆，倂作幽憂寫楚詞。

塵夢蘧蘧未向晨，排除哀樂健精神。十年忝長吾將老，六載神交汝倍親。富貴久拼芻狗賤，文章始放筆花春。相期壽考蹉跎補，扶醉招邀作瑞人。

晴嵐世叔百歲冥壽哲嗣君藻詞兄索詩紀念

冥中稱壽考，其壽無紀極。立名雖不正，取義猶可則。不忍死其親，孝子永悽惻。屍祭設裳衣，恍若親顏色。僾見與愾聞，霜露淚沾臆。事死如事生，孝思展不息。古人紀庸行，何止百千億。怪誕雜愚騃，聞者為遑惑。要其天性真，百世差可式。末季俗澆灕，良心早殘賊。生存且不養，遑論死後職。親在不知年，親歿更何憶。從知廸前光，端在後嗣力。先生鄉前輩，典型在夙昔。眉山誕老泉，文行慎修飭。青氈老一衿，才豐而命嗇。培成桃李花，記向登科織。席帽未離身，秋風戰屢北。文章實憎命，問天天默默。予生恨稍晚，緣慳未荆識。幸從季子遊，知公善詒翼。祁才可並郊，轍爽或競軾。為想趨庭日，玉樹勤培植。詩禮傳家訓，析薪荷負克。公歸竟不復，日月久盈昃。地下修文郎，大齋壽不忒。陰慶起有元，鄭氏親加墨。補入朱家禮，後世仿行亟。發篋拜遺書，嘗新薦時食。彩舞萊子衣，木奉丁蘭刻。公靈若有知，一笑叱奇特。紀事古詩篇，末學少記憶。剽竊病未能，文心媿茅塞。信筆亂塗鴉，自問訐亦得。

和周墨史詠石三絕

芙蓉石

欲涉江頭路幾重，雲根重挹露華濃。一拳認取飛來跡，合適衡山縹緲峰。

紗帽石

位置豪家白玉欄，登朝相慶也堪彈。呼來袍笏嗤顛米，下拜應疑此免冠。

雞母石

守清抱節葆堅貞，風雨瀟瀟噤不鳴。一笑年年雌伏慣，緣他賦性太硁硁。

題《臥薪嘗膽圖》為丹初詞兄作

廿載經營竟沼吳，荒臺麋鹿弔姑蘇。即看多難興邦者，何止區區一霸圖。

省識圖畫知有意，擔將家國兩肩憂。晏安鴆毒君休問，豎子英雄貉一丘。

題王選閑同年印櫝

君我同日發奇癖，袖中時弄東海石。此石原非徒清供，苦向印人傳中摘。多君發篋璞示予，卿雲五色光太虛。摩挲老眼不敢視，疑是媧皇補天之剩餘。歸語石交猶舌撟，似汝應呼秦吉了。寶燕名室空爾為，題寄新詩當降表。

文文山琴禢本題詞為高振聲詞兄作

寒鐙照壁夜耿耿，上有倒掛枯桐影。題名省識宋孤忠，八百年來元音冷。憶公召試冠群英，古誼忠肝舉世傾。常將絲竹供陶寫，想見風流前半生。一從胡騎紛南下，世變滄桑歌舞罷。奉使身輕辱虜庭，勤王兵敗囚傳舍。憂來彈作水龍吟，變徵聲中感不禁。燈前激楚思君淚，指下哀思亡國音。柴市一朝埋碧血，千秋遺恨痛人琴。吁嗟乎！烈士精靈耿不死，物因人重古如此。鄺生湛若趙南星，後有霜鐘與綠綺。摩挲拓本流傳遍，遺器沉埋今不見。何年神劍合延津，疊山橋亭賣卜硯。

繡伊詞長請鄭霽林畫師寫東坡笠屐圖於壬戌臘月集同人為公作生日賦詩見示敬題小詩書諸畫端

奎垣奏事近千載，世變桑田與滄海。披圖重見古衣冠，骨重神寒渾不改。我昔弱冠讀公詩，仿佛鬚眉想見之。轉瞬一十四壬戌，赤壁之遊古此時。壇坫主盟推逋老，傑閣壬秋峙孤島（菽莊主人於藏海園新構壬秋閣貌公遺像）。別開生面重貌公，群兒一見爭拜倒。隔江名士尤好事，一片心香敦古誼。眉山南豐本同源（是日張蘇公像於曾遜臣家），祝公生日公應醉。蕭氏世傳愛才奴，鄭家亦有知詩婢。遺像同模問子雲，煩爾廣文三絕技。頰上填毫妙入神，香盤茗碗祝千春。羅浮儋耳今猶昔，恍見當年笠屐身。詩成短李才尤速，苦作歌行供人伏。壁上騷魂倘可招，此回應不失方叔。溯公誕降又庚寅，待向蘇龕拜葛巾。命宮磨蝎公休惘，同是斯文末路人。

題君藻詞長《歸舟載書圖》

片帆海上來徐徐，歸裝載得一船書。子雲識字終何用，底事蟫蟫似蠹魚。君我避地尋邱壑，十載過從致足樂。惆悵君歸我未歸，棋局算來輸一着。不學海客居炎方，黃白累累耀行囊。徒令萬卷壓重船，百城南面自稱王。妻孥而外無長物，只餘鄴架與曹倉。故山猿鶴迎人笑，書生作計殊彷徨。吾道伏波當日返故鄉，交趾薏苡謗明珠。又聞陸賈載得鬱林石，世人誤作黃金呼。而今遍地萑苻澤，擊柝時虞來暴客。青氈舊物慎寶藏，莫便開門竟亡璧。遠道郵詩字數行，寄君兼作辟盜方。莫言坡老居陽羨，為道夷齊下首陽。

重九萩莊主人開園遊會復設一買詩店以菊易詩口占以應

年年儲錢都買菊，豈知種菊為買詩。風雅場中談市道，菊花應笑主人癡。主人振振竟有詞，魚與熊掌欲兼之。菊與新詩同價值，交易得所君勿疑。我愧將軍被腹負，便便只蓄沒字碑。搜剔刮腸剩數語，陽翟大賈匪居奇。盆菊三千詩一首，主人雖不佔便宜。只恨文章空有價，眼福飽矣腹啼饑。

萩莊主人第六寵姬侍婢也衾裯宵抱早賦定情主人歸自瑞士始為正名攝影留念徧徵題詠賦此調之

待闕鴛鴦卅二年，早營金屋貯嬋娟。小名舊録呼猶慣，故態狂奴老見憐。侍疾敢辭當夕苦，定情羞說破瓜前。衾裯肅肅宵征抱，逮下群欽樛木賢。

緘愁無計寄相思，芳草天涯恨別離。靈藥有心偷月姊，扁舟無分逐鴟夷。十年待嫁情何忍，五夜呼名曉不知。莫向春風怨桃李，東皇還有再來時。

海天萬里返卿卿，鈿合金釵憶舊盟。郎意縱教長婉轉，妾身無奈未分明。羞將紅粉誇同輩，忍著青衣老此生。乞取春陰長護惜，綠章夜奏最關情。

小星光耀少微邊，錦瑟剛調第六絃。桃葉送迎新寵日，徐娘情味勝雛年。無妻奉倩身仍健，多妾哀駘福不捐。未敢首推調艷婢，風情老我總堪憐。

丹初詞兄索題硃砂鍾馗便面

終南無捷徑，進士亦潦倒。袍笏不登場，躑躅長安道。狡獪今畫師，貌君顏色好。榴花照眼紅，酡顏猶未老。嚇鬼不嚇人，冬烘笑頭腦。

次韵澎邨丈六十感懷

孑遺周室舊黎民，如駛駒光六十春。蹈海魯連憂國淚，閉門無己苦吟身。天教浪漫稱聱叟，我向江湖拜散人。捐棄慈雲成往事，傷心莫更話前塵。

閒中歲月送詩忙，竿木隨身作戲場。地入桃源忘晉魏，人居栗里夢羲皇。英雄事業歸屠狗，博士生涯愛瘦羊。同誕田王誇富貴，何如管領水雲鄉。

吟成晞髮哭西臺，誰把狂瀾力障迴。妙悟維摩非病病，全身莊叟不才才。胸中塊壘澆愁去，腕底龍蛇入筆來。長命詩成蒲酒熟，莫辭沉醉壽千杯。

中原兵氣動喧囂，傀儡開場競奪標。躍馬成名羞廣武，啼鵑兆亂憶津橋。遼東有帽應搔首，彭澤無官詎折腰。同是避秦來海嶠，偷閒飽看鷺江潮。

芥孫競秀莀生兒，晚景佳時夕照遲。蕉姑香蘭徵一夢，湑川立竹挺雙枝。詩書得氣非凡種，福慧能修不賣癡。我忝紀群交兩世，愁看潘鬢已絲絲。

江鰣入饌薦嘉魚，萊婦蓬妻慰索居。蘇子時需謀得酒，秦嘉小別屢貽書。庚寅同命前生定，甲子周天入世初。到處能安皆壽宇，翛然天地一蘧廬。

讀《覺園集》題後

盥誦皝皝集，文章黼色絲。成名蠡用策，殖貨賜言詩。憂樂平生志，興亡故國思。使者夙義重，感念到賓師。

得句參禪定，成功仗苦吟。推袁甘說肉，拜島鑄兼金。敦厚留詩教，慈悲見佛心。木樨香聞否，妙悟證深深。

象教尊西竺，言從佛國遊。諸天花雨座，苦海芥浮舟。法界風輪轉，精藍月斧修。慈航載吟夢，亦偈亦詩謳。

漂泊干戈際，衰年任轉蓬。人皆驚世變，我怕以詩窮。競病吟何苦，尖叉鬭未工。題詞君莫笑，夏日語冰蟲。

跋

古人書有落水本之稱，傳為美談。余辛丑八月晦日校刊是帙，為狗所咬，是此帙為狗咬本。得無異日，藝林添一佳話耶。今書梓成，因識之卷末云。時壬寅。仲春江煦跋。

永春李俊承
海澄江　煦
校刊

附錄三

許徵君詩鈔

許珪封

許珪封，曉山，原籍臺灣。甲午中東之役，抗日失利內渡，落籍龍溪，精醫。清德宗病痟，詔徵治愈，稱徵君郡，舉孝廉，擢餘杭縣。

和金縣同道見懷原韻

年來度德藐躬凉，晚節多慚殿眾芳。秋月照平炎海浪，天風吹散彗星芒。客懷竹葉頭顱白，歸訊菱花眉角黄。人世滄桑渾不管，哦詩還有霎時忙。

叠韻寄金縣

南華醫院會考，金緜先生十載兩元。三年前詩以美之。兵燹後，醫院鞠為茂草，惄焉傷之。

南華庭院荔陰凉，十載掄元名字芳。扁鵲長桑歸宿處，玉函金匱發光芒。秋風拔屋烏頭白，兵火連天草色黄。借問溪東林處士，為誰辛苦為誰忙。

和李俊承輓陳延謙元韻

膾炙詞壇驚座陳，鴟夷夙已布經綸。星沉星海今何日，天靳天年德有鄰。蓮社飄零歌哭後，鷲山接引去來頻。那堪蘭玉葳蕤日，愁聽先驅爭六塵。

脫略士衡猶嘆逝，況於喬梓後先枯。吟魂何處騎牛背，烈魄伊誰捋虎鬚。盤古永垂吏部否，鑑湖還憶謫仙無。布金寺裡如相問，為道當今有給孤。

金緜先生以菜飯肉湯餉午深情厚味兼而有之三疊前韻

煦按：日寇陷南洋群島，徵軍糧，民間米少，百物騰貴，日食維艱，何知肉味？

菜飯清香透膈涼，臛湯齒頰尚流芳。美材嫉俗心多刺，乏翼高飛背有芒。捫蝨縱談天下事，哀鴻四野太倉皇。深情還勝檳江水，努力加餐慰百忙。

餘興未盡四疊韻

人情世態任炎涼，烏帽茱萸發異芳。菊圃霜凝花有骨，蟾宮桂影月生芒。滿城風雨秋如繪，落木蕭疏色正黃。預約登高南國裏，群仙拾級攝衣忙。

震叟增蔚先生辱和章深有拋磚引玉之感五疊韻

一番疏雨一番涼，南國花多惜少芳。四海難容休涉足，三台動角更搖芒。春風馬帳空眉黛，遼水龍頭戰血黃。白雪曲高慚下里，身問依舊寸心忙。

奉答增蔚先生六疊韻

夜宴歸寓，拜嘉續章，奉答心急，醉態朦朧。二三兩韻，易置不計也。

歌風臺上唱伊涼，猛士燕然勒石芳。君亦雄哉收鴨綠，臣今耄矣泛鵝黃。三章湛露千秋鏡，一吐長虹萬仞芒。寄託遙深誰領解，吮毫伸紙不知忙。

蘇逸雲先生以大著相示中秋邀飲賦此志盛

人生幾見月當圓，況入桃源別有天。共話滄桑如隔世，不知秦漢是何年。夜光杯泛冰輪滿,水調歌賡玉局仙。寰海安瀾皆隱去,丹霞飛傍臥雲邊。

奉和李俊承先生元均

無限含情不語中,新詩超越更渾融。旅懷弗斷鳴宵柝,清夢初回破曉鐘。四海風聲天欲曙,萬山雨意墨尤濃。婆娑合抱菩提樹,鷲嶺攀登第幾峰。

游直落巴巷有何草不黄之感奉和俊承居士崇文閣原均

江湖無計滌煩襟,鬗碣天風放浪吟。黄草半熯秋寂寞,丹楓渲染氣蕭森。人惟曠達渾濃淡,話到亂離别淺深。運會詞章今轉捩,劍南詩老尚雄心。

乙酉春暮金鯀先生夜讌芸友黄君出示贈詩瀟灑之極次均奉和

相期事業足千秋,茹藻含英杜若洲。星海欽遲皆鮑管,尼山講學重由求。金樽對月殘紅褪,玉樹臨風大白浮。工部詩篇歡客至,舍南舍北有群鷗。

蒲節書感呈慧覺居士

猶記當年奪錦標，艾旗法曲楚詞招。盲姬夜夜琵琶調，傳徧新橋與舊橋。（應童子試，孫蕚齋郡守以七邑會考數達七千名，謬膺冠軍者。再，好事者，教盲婦彈詞，風檐寸晷，無佳構語，余深憾焉。）

中秋一景樓雅集遇雨賦呈言論界及在座諸君子

淋玲深閉廣寒宫，洗盡乾坤奠大同。虜騎氛消隨野馬，筆花氣燄貫長虹。探驪歛耀歸滄海，翽鳳垂文炫碧空。留得元規清興在，南樓交錯盡豪雄。

和逸翁詩見賦降次均

哀動江南庾子山，蓼莪廢讀未全刪。天開周正猶踰矩，母難今朝失笑顔。東郭竽吹長寂寂，上池瓢飲尚潺潺。蹉跎老大忘歸矢，辜負懸弧百日闗。

弔延平郡王八疊韻之一

一提隆武倍悲涼，三百年來氏族芳。賜姓臣家心永矢，精忠報國背多芒。金川春泛鴨頭綠，靖海波翻梧葉黄。慟哭詔書薰沐後，渡河垂死百呼忙。

逸翁重遊清虎山莊出示一律依均奉答

一重山越一重山，緑滿山莊草未删。自曝梵文皆婢膝，再來仙吏忽童顔。行雲渡海為霖意，流水鳴琴曲徑潺、林木蕭颸疑虎嘯，空餘迎送鳥呼闞。

奉答逸翁均

爽塏心懸湫隘廛，同羅鋒鏑倏三年。不譏谿壑申棖欲，還許丘陵子貢賢。太素潛窺微妙道，彼蒼默運執中權。妙香林杪春消息，薇蕨歸周甲子天。

和蘇李二公原均

花卉弄新晴，翎毛奏韻清。祭詩沿舊例，讀畫記分明。大海戈船影，孤城鼓角聲。河梁重携手，離索膽肝傾。

和金棉先生哭弟均

燔書漫滅劫餘灰，平視推敲子夜來。匝月忽隨猿鶴化，臨風還趁雁鴻哀。苔芩拍手吞丹篆，蒿里何人瀉白醅。蘭玉那堪重挫折，滿眶清淚浸泉臺。

悼文棉先生次金棉哭弟原均

驚傳徙宅雜榛蕪，避亂難尋五遁符。不信含沙能射影，慚無藥石護君軀。慚無藥石護君軀，倘有象賢啟泣呱。最是傷心荆樹畔，南枝蒼翠北枝枯。南枝蒼翠北枝枯，歡接曼卿訊有無。共料玉樓重作賦，芙蓉城主在茲乎。芙蓉城主在茲乎，滿目蓬蒿弔故都。從此吟魂長寂寞，池塘春草起嗟吁。

金䌌先生悼姪女詩極其沉痛次韻和之

殉身何待一坯乾，茹痛終天裂膽肝。青鳥侍姬來遠召，白華孝子合齊觀。不堪猶女重泉去，怎使阿哥百結寬。苦塊兩旬年十四，曇花都為蹙眉端。

奉慰金繇先生

丹霞散影五雲端，弟姪皆仙强自寬。泡影不渝名論立，電光胥透達人觀。鑿開儵忽還混沌，仇視臟神有肺肝。造化本來無一物，長河東海總枯乾。

妙香林會泉法師圓寂三周年齋筵不果赴贈李俊承一絕

寶鴨妙香凝紫竹，金雞文采吐青蓮。相公食福難消受，來歲同參解脱禪。（明年此日，徵君果解脱，所謂詩讖耶。見《臥雲樓筆記》。）

永春李俊承
海澄江　煦
校刊

附錄四

頑石山房焚餘稿選

林爾嘉

林爾嘉，叔臧，晚號百忍老人。原籍龍溪，世居臺灣。前清侍郎。結菽莊吟社，刊『菽莊叢刻』八種、『叢書』六種。著《頑石山房焚餘稿》。

丙辰上元張燈

江漢皆春色，千門此夜情。俗難佳節廢，月尚舊時明。白社詞人集，清尊古意生。酒闌重剪燭，燈火話西京。

奉和陳省三廉訪寄陳儉門太守原韻（戊午）

一事無成怕問年，幾經烽火幸依然。蓬瀛昔日神仙侶，散入江湖釣暮烟。

趨時更覺感時多，東望鯤溟悵若何。國事休論新與舊，古來為政在人和。

知君不為買山歸，回首青雲路已非。同上江樓天欲暮，坐迎新月送殘暉。

此身猶健已心灰，常閉蓬門今始開。為有射屏能中雀，好風纔得送君來。

己未重陽自東初歸偶集同人觀菊菽莊

潮回岸白見晴沙，傍海高軒自一家。倦客更耽三徑靜，寒暉漸向隔山斜。詩聯汐社懷吟侶，節到重陽感歲華。秋盡歸帆風正急，不教辜負故園花。

和穹賓星使出示除夕偶成原韻兼以送別

塵海茫茫寄此身，羡公有脚健陽春。傳心家學胡安定，垂老湖居賀季真。飽覽滄溟堅氣節，久經戰地王精神。使星暫作閑雲日，來訪桃園避世人。

依然本色舊書生，持節爭先班傳名。豈有嚴裝歸陸賈，早聞奇計出陳平。頻年宦海回帆穩，一領朝衫敝屣輕。便欲從君觴十日，雙柑斗酒聽鶯聲。

那堪勞燕又分飛，滿目河山事已非。夜雨有懷思弟約，春風無賴送人歸。馬援何日標銅柱，李泌當年暫白衣。相見何遲相別早，祇今楊柳賦依依。

和薩上將過廈回省之作（辛酉）

別來無恙幾經秋，鼙鼓聲中戰未休。客至孤山童放鶴，人膽紫氣老騎牛。偶談兵法看棋局，尚願歸舟阻石尤。一角洞天春色好，奈何不作小勾留。

和吳東園原韻

神交漫費數由旬，如此江山苦劫塵。君擅仙才稱太白，誰開賓館繼平津。振衣獨立三千界，把袖長吟十二辰。篋有陰符莫輕試，磻溪記取釣璜人。

壬戌七月既望壬秋閣落成是夕久雨初霽與客泛舟鷺江

無定陰晴一莞然，欲將消息問青天。雨聽昨夜瀟瀟急，月看今宵故故圓。應有奇談驚海客（園有談瀛軒），可無韻事續坡仙。橫江鶴去簫聲在，未信消沈八百年。

小閣臨江紀落成，酒酣日日汐初生。片帆我欲乘風去，雙槳人爭盪月行。遺貌重撫姿颯爽（曾約吳石卿撫東坡像刻於閣中），豪吟勃發思縱横（座中琛笙、蓀甫是日均有詩）。數殘甲子元豐後，為問當頭幾度明。

籐牌子弟亦有才，一舸蒼茫弔古來。亂後虎頭山色改，淘餘鹿耳浪聲哀。英雄往事横吟槊，風月閑愁入酒杯。今日江山無霸氣，不堪回首水操臺。（臺為鄭延平閱水操處。一在鼓浪嶼日光岩，一在厦門燕巢巷。）

峨嵋有客賦同遊，借得風來賞素秋（座中謝子馥，蜀人。是日自遠道來，與東坡同鄉，亦一適也）。過眼丙丁皆幻劫，前身壬戌一孤舟。良辰難得逢新霽，今日何曾管古愁。行樂及時隨所適，江山端不讓黃州。

壬戌菽莊感事柬蟄菴穀仁耐公樞南杏泉乃賡蔚其乃沃

為有幽居欲避人，轉因風月費留賓。無多白社新詩客，半是東瀛舊棄民。菊愛陶潛饒逸興，詩吟杜甫枉傷神。滄桑過後烽烟起，歷劫餘生語已陳。

己巳秋杪阿羅沙寄同社諸君子

昆倫本屬西羌宇，天地由來玄牝門。九暑雪生紺碧色，萬齡松養虬龍根。振衣濯足獨成詠，龜骨蛤蜊誰共論。東盼神州杳無極，白雲冉冉横朝昏。

廬山仙人洞歌

世運有平陂，仙都有顯晦。顯晦雖因時，人力猶足貴。藉藉廬山遊，唯今與昔異。昔者行路難，今者行路易。荆棘務芟除，豺虎知退避。巖穴新結構，樓臺金銀氣。我來既不早，訪古蹟多廢。亦不憾來遲，履險如平地。所欣别有天，靡睽人間世。安得筆如椽，大書名山記。

壽靜仁詞伯六十

匡廬高處同消夏，鴻雪因緣話昔年。望慰蒼生霖雨足，書摩老筆石崖堅。清風白袷如梁相，晚節黄花想晉賢。秋入名山開壽域，吟身宛在大羅天。

壬申避暑廬山琛笙詩來促歸並索和作即次原韻奉答

重巒雲樹夕陽微，撼竹風聲漸作威。白傅詠桃還好事，陶潛醉石共忘機。清談相對思佳客，暑氣初消換夾衣。漫道故園秋色好，戀巢燕子自知歸。

壬申七月虎邱懷古口占

劍池無恙霸圖空，攬勝人來趁晚風。不弔英雄弔兒女，真娘墓上夕陽紅。

寒山寺懷古口占

曾讀楓橋夜泊詩，江村一字至今疑。曲園題刻分明在，不到寒山寺不知。（唐張繼《夜泊》詩，江「楓」乃「村」之舛。見宋龔明之《吳中紀聞》。其詩經宋王郇公、明文徵明一再寫以刻石，今皆磨滅。清俞樾作詩紀之，刻於石置寺中，余就寺僧購得數紙。）

癸酉夏日集萬松林分韻得撫字

名山新得風騷主，萬松林下招吟侶。天風吹送寒濤聲，隔溪時見蒼虬舞。杖藜行過小板橋，清涼世界不知暑。松枝當麈助清談，雲間日下無常語。浮瓜沈李樂如何，南皮勝會空前古。蓮社風流懷遠公，一千餘年誰繼武。諸公袞袞盡仙才，霓裳高詠翻新譜。柴桑處士葛天民，盤桓自笑孤松撫。

甲戌重陽菽莊小集次韻和楊摶丈兼柬迺賡仲春摶丈以不見菊花賦三絕見示朝夕雒誦遲遲未報鼎禮小兒歸自申江攜菊數盆綻蕊者多似為三徑黃花作先驅將迓高軒過我一吟賞也興至遂和元韻不計工拙云

歸來幸有未蕪園，吟侶唱酬永弗諼。菊為傲霜香故晚，展重陽後約開軒。

晚節何須論四知，黃金滿地看花時。東籬消息新來好，不負斜川九日詩。

申江秋色鷺江同，都在黃花一笑中。分付小奚重掃徑，持螯把酒醉西風。

季丞四弟四十初度畫梅題句為壽

人間到處是孤山，予季相期耐歲寒。記取謫仙春夜宴，坐花又作故園看。

乙亥夏日識廬感賦

園無半畝號壺天，容膝易安屋數椽。壽補蹉跎忘歲月，老歸平淡樂林泉。未登彼岸休言佛，自有丹邱可學仙。結習難除應笑我，白雲深處聳吟肩。

乙亥仲春鳩工為五老峰道人鑿石開洞七月七日落成越二日偕內姪龔鼎隆重登待晴亭臨風把酒作歌紀之

壬申始作廬山遊，廬山卜築在癸酉。一年數上五老峰，是真面目識已久。今朝杖策復登臨，縱觀雲海宜雨後。天高風急似深秋，人似龍山落帽否。菽莊仿古展重陽，東籬待菊例曾有。何妨此日當登高，別開生面作重九。欲插茱萸未及時，異鄉為客思親友。此會少長兩三人，序齒讓我獨稱叟。待晴亭上望南昌，陶然共醉杯中酒。撫今追昔吟興豪，文章天成須妙手。君不見，雲根鑿破洞天開，摩崖舊題詩一首。又不見，滕王閣序至今傳，王郎閣公同不朽。

九月廿四日宿蘇州越日遊虎邱

幾度重遊興未闌，豪情依舊鬢毛班。真娘墓在吳宮廢，兒女英雄一例看。

丙子夏日廬山小壺天閒居寄故園壺天醉客

老來詩酒作生涯，譜訂休文似一家。各自壺天忘甲子，每更裘葛感年華。
汐社聯吟廿載餘，交深不見禮多疏。談心竟夕渾閒事，讀破輸君萬卷書。
殷勤青鳥使頻來，千里論文亦快哉。歲歲匡廬消夏客，停雲幾度費詩才。
時同硯席又同庚，久視長生學老彭。三徑未荒松菊好，相期共守歲寒盟。

丙子重陽登天目山歸來再登孤山感賦

纔上西天目(尚有東天目山),登高願未違。節經重九廢,客到孤山稀。地瘦梅難補,亭空鶴不歸。吾家千載業,試問是耶非。

丙子仲冬客次書感用重陽登孤山感賦韻寄壺天醉客並示杏初

自幸貧非病,獨傷心事違。星霜驚歲暮,親友寄書稀。濠濮觀魚樂,揚州騎鶴歸。點金還有術,奇想入非非。

丁丑暮春北遊返滬客次書感

回首輕車出鳳城,惜餘春聽上林鶯。岱宗即景規詩聖,滬瀆為賓笑舘甥。欲悟色空須避世,精研道德始無爭。眼含東海遺民淚,愁見河山戰一枰。

丁丑避暑廬山時逢國難重陽書感

滿山風雨難高會，送酒無人不舉觴（仲春和詞云：無酒過重陽）。就菊空言頻感歎（仲春句云：就菊東籬，共賞秋容淡），題糕韻事豈尋常（仲春句云：心事題糕懶）。劇憐遍地驚烽火（拙叟和詞云：紅葉戰秋風，莫望江南，痛飲新亭酒），遑問長年客異鄉（拙叟句云：何日遠歸來）。此日危如巢幕燕，有誰記取古重陽（拙叟句云：佳節誰知否）。

赴長沙過衡陽口占寄琛笙

無端浪跡到長沙，路入衡陽興轉賒。第一峰頭知不遠，神馳南嶽傲樵家。

重陽日寄李繡伊

香江流寓故人稀，送酒人還望白衣。瘦似黃花詞客老，登高須插滿頭歸。

壽琛筆如兄七十一（二首錄一）

年屆古稀歷數周，新詩遙為祝千秋。巍然南國靈光殿，詞賦應推第一流。

海澄江　煦校刊

附原序

甲午中東之役，清師敗績。明年，清廷割臺灣與日構和。唯乙未吾以降時，菽莊詞丈棄連雲第宅、膏腴田園，隨侍其太僕公內渡，歸龍溪故里。越四十二年丁丑，日寇犯我盧溝橋，詞丈自廬山挈眷避亂，溯長江而夏口，而衡陽，而香江，舟車勞頓，危險萬狀。甲申殘臘，予為日寇佔據廈門行役嶺南，正值中外戰雲瀰漫，空中有飛機之轟炸，海上有兵艦之礮火，水底有潛艇之魚雷，予舉家冒險阻至于粵。是日寇之侵犯為害於我國家者至鉅，而詞丈與予之影響關係者至切。此詞丈不毋效詩人邱逢甲磊落激昂發攄悲裂之詩歌，予亦有討日本檄文及詩詞，誠以烏臺詩案為禍甚慘，況日寇窮兇極惡，搜索尤厲，是以詞丈之詩歌、予之檄文詩詞焚毀殆盡。雖然詞丈每因事寄慨，如《和陳廉訪省三》句云：『未妨香草吟湘士，可有桃源識晉人。』《重『趨時更覺感時多，東望鯤溟悵若何』；又：

陽詩》云：『登高望板橋，夢寐釣遊鄉。蒼蒼不可問，畏見東海桑。』《東耐公等》云：『無多白社新詞客，半是東瀛舊棄民。』《北遊返滬》云：『眼含東海遺民淚，愁見河山戰一枰。』既隱約又沉痛之斷簡殘篇，至今尚在。臺灣之淪於異族，我臺士民被其蹂躪，如水益深，如火益烈，其慘不言而喻。是故，有邱逢甲輩之革命，以不售其志而歿，吾儕豈不同仇敵愾，冀圖匡復耶？蓋日寇多行不義，天地不容，故出師輒挫。乙酉秋，予扶母於羊城，目睹受降，於是，臺灣復隸我版圖，其快慰為何如耶！今者，我臺人士，以詞丈為臺灣故老，著作等身，屢索《頑石山房焚餘稿》付梓，以示當世。詞丈固辭不獲。臺灣人士因菽莊吟社社友寓書於予，曰：詞丈於子為知己，通聲氣日久，交情最深，幸為是集序。噫！亦奇哉！予非遊聲揚光之士，乃不自植立之人，胡為不求之當世大人先生文豪詞伯之序，而索序於予？豈果以予為詞丈知己乎？或以日寇之犯我，臺灣之存亡關繫彼此者至鉅乎？抑亦以詞丈之歌詩，與黍離紀贛之詩，為人間不可沒之作，不與繫籍騷雅依聲仿調之稱詩者可比乎？予因不揣固陋，書此為序。時歲次戊子仲春，海澄江煦杏初，書於濠江亦風月平分草堂。

同文書庫・廈門文獻系列

第一輯

第二輯

同文書庫·廈門文獻系列

第三輯

壹 胡　鉉 椽筆樓初集

貳 吳錫璜 吳瑞甫家書（外一種）

叁 邱煒萲 菽園贅談

肆 蘇逸雲 臥雲樓雜著

伍 蘇警予 曠劫集

陸 黃伯遠 莊克昌 紅葉草堂筆記 感舊錄

柒 葉長青 松柏長青館詩

捌 海天吟社 鷺江梅社 海天吟社詩存 鷺江乙組梅社吟草

玖 林爾嘉 菽莊叢刻（外二種）

拾 陳桂琛 近代七言絕句初續集

第四輯

壹 吳葆年 吳兆荃 繪秋樓詩鈔 小梅詩存

貳 呂　激 介石山房詩稿（外一種）

叁 邱煒萲 嘯虹生詩鈔

肆 李維修 寸寸集（外一種）

伍 沈觀格 拙廬談虎集

陸 江　煦 草堂別集 圭海集

柒 謝雲聲 靈簫閣謎話初集

捌 曾兆鼇 玉屏書院課藝

玖 林爾嘉 菽莊小蘭亭徵文錄 鷺江泛月賦選

拾 江　煦 鷺江名勝詩鈔